Minha doce e insegura Charlot

Editora Appris Ltda.
1.ª Edição - Copyright© 2023 da autora
Direitos de Edição Reservados à Editora Appris Ltda.

Nenhuma parte desta obra poderá ser utilizada indevidamente, sem estar de acordo com a Lei nº 9.610/98. Se incorreções forem encontradas, serão de exclusiva responsabilidade de seus organizadores. Foi realizado o Depósito Legal na Fundação Biblioteca Nacional, de acordo com as Leis n°s 10.994, de 14/12/2004, e 12.192, de 14/01/2010.

Catalogação na Fonte
Elaborado por: Josefina A. S. Guedes
Bibliotecária CRB 9/870

F363m
2023
	Fernandes, Lilian Santos
	   Minha doce e insegura Charlot / Lilian Santos Fernandes. - 1. ed. - Curitiba : Appris, 2023.
	   190 p. ; 23 cm.
	
	   ISBN 978-65-250-4228-2
	
	   1. Ficção brasileira. 2. Perdão. 3. Amor. I. Título.
	
	                                              CDD - 869.3

Livro de acordo com a normalização técnica da ABNT

Editora e Livraria Appris Ltda.
Av. Manoel Ribas, 2265 – Mercês
Curitiba/PR – CEP: 80810-002
Tel. (41) 3156 - 4731
www.editoraappris.com.br

Printed in Brazil
Impresso no Brasil

Lilian Santos Fernandes

Minha doce e insegura Charlot

FICHA TÉCNICA

EDITORIAL	Augusto Vidal de Andrade Coelho
	Sara C. de Andrade Coelho
COMITÊ EDITORIAL	Marli Caetano
	Andréa Barbosa Gouveia (UFPR)
	Jacques de Lima Ferreira (UP)
	Marilda Aparecida Behrens (PUCPR)
	Ana El Achkar (UNIVERSO/RJ)
	Conrado Moreira Mendes (PUC-MG)
	Eliete Correia dos Santos (UEPB)
	Fabiano Santos (UERJ/IESP)
	Francinete Fernandes de Sousa (UEPB)
	Francisco Carlos Duarte (PUCPR)
	Francisco de Assis (Fiam-Faam, SP, Brasil)
	Juliana Reichert Assunção Tonelli (UEL)
	Maria Aparecida Barbosa (USP)
	Maria Helena Zamora (PUC-Rio)
	Maria Margarida de Andrade (Umack)
	Roque Ismael da Costa Güllich (UFFS)
	Toni Reis (UFPR)
	Valdomiro de Oliveira (UFPR)
	Valério Brusamolin (IFPR)
SUPERVISOR DA PRODUÇÃO	Renata Cristina Lopes Miccelli
PRODUTOR EDITORIAL	Nicolas da Silva Alves
REVISÃO	Andrea Bassoto Gatto
	Débora Sauaf
DIAGRAMAÇÃO	Renata C. L. Miccelli
CAPA	Samara

Dedico a todos aqueles que acreditam em si mesmos.

AGRADECIMENTOS

Agradeço primeiramente a Deus, que me inspirou e me ajudou até aqui, sempre me fortalecendo na minha caminhada.

Aos meus pais, Maria e Vivaldo, que sempre foram bons para mim.

Às minhas queridas e amadas filhas, Liliane e Sofia.

Ao meu querido e amado esposo, Dimas.

E aos meus irmãos, que são grandes exemplos para mim, Wendel e Wilhiam.

Se podemos sonhar também podemos tornar nossos sonhos realidade.

(Tom Fitzgerald)

SUMÁRIO

A INFÂNCIA 17

A NOTÍCIA. 23

A DESPEDIDA 29

AMOR DE IRMÃS. 35

MINHA VIDA & MINHA VOZ 39

UMA VISITA INESPERADA & DECISÕES PRECIPITADAS 41

REALMENTE IRMÃS? 49

A INDECISÃO 55

SENTIMENTOS CONFLITUOSOS 61

A PIOR MENTIRA É AQUELA QUE CONTAMOS PARA NÓS. 67

COISAS DO CORAÇÃO 75

ENCARANDO NOSSOS ERROS 81

TARDE DEMAIS PARA ARREPENDIMENTOS 87

LÁGRIMAS. 91

MENTIRAS, DOCES MENTIRAS 95

UM CORAÇÃO MENTIROSO 101

ENFIM, A NOTÍCIA. 107

A PARTIDA. 109

NÃO SEREI MAIS A MESMA 113

A VIDA & SUAS VOLTAS 117

DECISÃO DIFÍCIL. 123

SEGUINDO EM FRENTE 129

AS OPORTUNIDADES PASSAM. 135

AS PEÇAS VÃO SE ENCAIXANDO 139

ENCARANDO AS CONSEQUÊNCIAS 145

REDENÇÃO. 151

A PROMESSA DE UM NOVO AMANHECER 155

PREPARATIVOS PARA O CASAMENTO 163

SÓ FALTA VOCÊ. 167

HOJE SEREMOS UM SÓ. 171

E A NOSSA ALEGRIA SE COMPLETA. 175

VAMOS TOMAR UM SORVETE? 179

O DIA MAIS FELIZ DAS NOSSAS VIDAS 187

CONSIDERAÇÕES DO LIVRO

Este livro conta a história de Charlot, uma jovem que aprende aos poucos a ter voz e, ao longo desse processo, vence todas as suas inseguranças.

MINHA DOCE & INSEGURA CHARLOT

A noite estava fresca, com um leve cheiro de orvalho, e nela estava Charlot, cabelo levemente encaracolado e ruivo, dona de um belo e encantador sorriso. Sua voz foi finalmente ouvida e ela perdeu o medo de falar.

I

A INFÂNCIA

Uma bela casa no meio da natureza, com muitos empregados e pessoas sempre atrasadas, apressadas e com negócios mal resolvidos.

Charlot era uma pequena garota de seis anos de idade, meiga, brincalhona e chorona. Ela sempre foi uma criança sozinha, sem muitos amigos, a não ser Jorge, seu melhor amigo de infância, e Júlia, que se mudou para a França com sua mãe. Desde então, Charlot se apegou ainda mais a Jorge que, segundo ela, era o seu único amigo, sendo que ela não fazia questão de mais ninguém.

Desde de criança, quem sempre cuidou dela foi sua babá, Jordana, que era tão presente na vida de Charlot que seus pais acreditavam que ela era capacitada para cuidar da menina, deixando-a plenamente aos seus cuidados. Para Jordana era um prazer, pois ela adorava crianças e não tinha filhos. Por esse motivo começou a ver Charlot como se fosse a sua própria filha, e tudo o que fazia para ela era com muito amor.

A senhora Lúcia, mãe de Charlot, estava sempre ocupada com os negócios da família e com uma expressão pesada em seu rosto. Parecia estar constantemente com problemas e quase nunca sorria. Rubens, pai da menina, era pacífico e calmo, mas não brincava com a filha e não gostava de problemas, por isso pedia para Charlot ficar longe de encrencas para não ter trabalho...

Certa vez, Charlot, desesperada por um pouco de atenção de seus pais, decidiu pedir para a babá um quebra-cabeça de animais, coisa que ela gostava muito. Ela chamou sua mãe para montar, mas ela deu logo uma desculpa: "Não tenho tempo. Pede para o seu pai!".

Jordana, sua babá, com amor de mãe, sempre se oferecia para brincar com a menina.

— Charlot, posso brincar com você?

— Não, quero brincar com meu pai.

Rubens sentou-se ao lado da filha, mas, sem muita paciência, não demorou muito olhou para ela e disse:

— Isso é uma perda de tempo. Vai arrumar outra coisa para brincar, filha. Talvez de bonecas. Isso dá muito trabalho. Aliás, esse brinquedo não é para a sua idade.

Charlot olhou bem para o quebra-cabeça e começou a montá-lo. Sua babá ficou observando, pensando se a sua menina conseguiria. De repente, ela disse:

— Papai, terminei de montá-lo.

Sem nenhuma expressão, Rubens disse à filha que ela tinha feito um bom serviço, saindo logo em seguida com pressa, tropeçando nos móveis de madeira maciça da casa.

Nesse instante, Jordana compreendeu que a menina realmente era forte, e falou, orgulhosa de sua menina, enquanto recolhia as peças:

— Charlot, minha menina, você é forte e capaz de fazer qualquer coisa. Nunca deixe ninguém dizer o contrário.

Charlot era a única filha do casal e a filha que Jordana nunca teve. Mesmo com tantos mimos da babá, Jordana temia que a garota ficasse insegura por não ter a atenção que tanto queria de seus pais. Nem mesmo a doce babá conseguia suprir essa falta.

Os anos passaram e na velha Fazenda das Rosas as coisas continuaram do mesmo jeito, com dona Lúcia e seu Rubens sempre ocupados. A pequena garotinha cresceu e só pensava em garotos e festas, mas ela sentia que sua vida era como um quebra-cabeça no qual sempre faltava uma peça, como em sua infância, quando sempre precisava de algo para preencher o vazio que sentia. Ela reclamava constantemente para Jordana que se sentia muito vazia, e não demorou muito para que seus pais percebessem as inquietações da menina e a culpa começasse a pesar.

Finalmente, chegou o grande dia, aquele em que Charlot faria 18 anos. Era o dia da grande festa, o dia tão esperado.

— Babá! Babá! Preciso de um belo vestido! Hoje é a minha festa de 18 anos! Enfim, serei maior de idade — gritou Charlot.

Jordana achava engraçado o modo como ela se referia a si mesma, achando-se adulta, mas, ao mesmo tempo, era uma menina insegura e totalmente apaixonada.

— Será que ele vem babá?

— Calma, minha filha. Como ele perderia a festa da menina mais linda do mundo? Ah! Antes que eu me esqueça, Jorge está te esperando na sala de estar.

Charlot correu desesperada para contar as novidades para o seu melhor amigo, o Jorge.

— Ele vem na minha festa, Jorge! August virá!

— Nossa! Claro que vem! — Disse Jorge, dando um pequeno sorriso.

August era o garoto mais popular da Vila das Rosas e Charlot era a sua vizinha. Desde pequena, ela ficava pendurada em sua cerca, esperando-o passar, mas ele nunca a notava. Porém, para ela sempre haveria um amanhã e a esperança de ser notada.

A noite caiu e, finalmente, o tão esperado baile chegou.

Charlot colocou um belo vestido tomara que caia cor-de-rosa claro, com detalhes de renda incríveis. Seu cabelo, vermelho e longo, levemente encaracolado, estava meio solto e jogado de lado. Realmente, ela estava espetacular.

As moças da cidade sentiram um pouco de inveja. August não demorou muito a notar a garota, e de longe a admirou. Ele nunca olhara para Charlot, mas naquela noite ela chamou a sua atenção.

— Nossa! Você é a mesma menininha que andava descalça e me espionava quando pequena? —Ele falou para Charlot.

— Eu jurava que nunca havia me notado, já que nunca demonstrou — ela comentou.

August se calou, pois sabia que, na verdade, nunca a havia notado. Mas continuou fingindo e tentando conquistá-la.

— Você está linda! — falou o garoto, provocando reações em Charlot que ela ainda desconhecia.

— O que há com suas mãos, Charlot?

Os comentários de August provocaram várias reações na jovem, entre elas em suas mãos, que começaram a tremer e ficaram geladas e suadas. Como Charlot não conseguia controlar os tremores, o garoto ficou preocupado.

— Está tudo bem? — Perguntou ele, estranhando o nervosismo da garota.

— Sim —disse Charlot.

Sem entender nada, mas sentindo as mãos geladas de Charlot e vendo que até seus lábios estavam trêmulos, acabou hesitando, sem saber se podia seguir em frente.

— Não posso?

— O quê? — Questionou Charlot?

— Beijar você. Eu estava tão ansioso para te ver, mas sinto que está muito nervosa.

— Sinto muito, August...

Incomodado com a ansiedade de Charlot, ele logo sentiu necessidade de sair de perto dela.

— Eu preciso ir.

— Espere! Eu sinto muito. Não vá ainda, por favor!

— Não tem problema — respondeu August, com um sorriso tímido. — Depois nos falamos. E se afastou friamente, indo em direção a algumas moças que estavam por lá.

— Charlot, você está bem? — Jorge perguntou.

— Sim. Só estou vivendo um horrível 18 anos!

— Charlot, não precisa chorar!

— Quem está chorando? É só um cisco nos meus olhos.

Sem saber o que fazer, Jorge chamou sua amiga para dançar. E os dois dançaram lentamente sob o luar. Charlot olhou as estrelas e decidiu que aquele momento era importante e que não deixaria nem mesmo August estragá-lo.

A noite era longa e as lembranças de uma vida mais ainda...

Charlot não sabia quem ela era, se era forte ou fraca, mas tinha certeza de algumas coisas: sentia-se insegura para enfrentar a vida, seus problemas e seus sonhos, e sentia sua voz presa, como se ela não a tivesse, porque sempre que ele ia falar algo, sua voz se calava em sua garganta e somente ela conseguia ouvir.

No dia seguinte da festa, ela foi à casa de Jorge, como já era costume. Charlot não tinha amigas, achava as meninas entediantes. Porém, apesar de tudo, ela tinha duas grandes certezas: a sua amizade com Jorge era a única coisa que ela tinha de seu e com essa amizade ela não se sentia insegura.

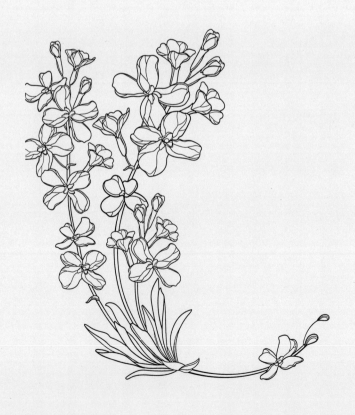

2

A NOTÍCIA

Charlot estava inquieta, pois sabia que deveria começar a pensar na vida, em seus projetos e em seus sonhos. Quando pequena, Charlot sentava no chão da sua fazenda e contemplava as estrelas, e imaginava como seria viajar pelo mundo, conhecer outros lugares. Ela pensava nisso todos os dias e isso a enchia de esperança.

Muitas vezes olhava para o seu cavalo, o Forte – ela o chamava assim, pois ele estava sempre disposto e parecia forte aos olhos dela – e tinha vontade de soltá-lo, pois sentia que ele pensava como ela.

Algumas vezes, os pais de Charlot se sentiam incomodados com suas tantas inquietações. Em uma bela tarde, com um vento sereno soprando em seu rosto, Rubens, pensando na filha, adormeceu na varanda e teve um sonho com ela. No sonho, a filha era totalmente insegura e não conseguia realizar uma simples tarefa. Ele acordou assustado e se questionou se aquilo não poderia se tornar realidade.

— Lúcia, eu preciso falar com você.

— Pois bem, fale homem!

— Eu tive um sonho com Charlot. Sonhei que ela era tão insegura que não conseguia fazer uma simples tarefa.

Lúcia tinha o mesmo pressentimento em relação à filha, pois percebia que ela era muito insegura e desajeitada, e parecia não se interessar pela vida, o que, na sua opinião, era um verdadeiro desastre. Nesse dia ambos pensaram no que poderiam fazer para ajudar a filha, pois estavam realmente preocupados com seu futuro.

Dias mais tarde, Emma, uma tia de Charlot, francesa e muito rica, foi à casa de Lúcia para fazer uma visita. Ela adorava ir à casa de sua irmã e sempre falava de como a França era um lugar belo e chique, e que esse lugar definia as mulheres. Também falava que as mulheres francesas eram elegantes e muito decididas. Era tudo que Lúcia precisava ouvir – "Está decidido", pensou.

— Lúcia, meu amor, quando você vai tomar coragem e parar de se preocupar com os negócios de seu marido? Lúcia? Onde andam seus pensamentos, minha irmã? Parece longe.

— Emma, você sabe que Rubens precisa de mim e que sou seu braço forte aqui na fazenda. Mas e você, querida, como está? — Perguntou Lúcia, ansiosa para pedir o favor para sua irmã.

— Estou ótima. Volto daqui a três dias para a França.

Nesse momento, Lúcia olhou para a sua irmã, tão forte e decidida, e pensou que Charlot poderia aproveitar a sua boa influência.

Emma era a única irmã de Lúcia, era uma pessoa que ela respeitava e confiava muito. Desde pequena, a mãe delas era muito ocupada e não tinha tempo para ela, e quem cuidava dela era a sua irmã, Emma.

"Está decidido! Vou mandar Charlot passar uns meses na França com a tia", pensou Lúcia.

— Emma, posso te pedir um favor?

— Até dois, minha querida irmã.

— Charlot poderia passar um tempo com você na França? Gostaria que ela aproveitasse a sua boa influência.

Emma não se aguentou e começou a gargalhar.

— Eu? Uma ótima influência?

Mas quando notou que sua irmã estava falando sério, engoliu sua risada.

— Você tem certeza, Lúcia? Não vai sentir falta da menina?

— Sentirei, mas no momento é algo que preciso fazer, entende?

— Claro — respondeu Emma pensativa, sem entender nada.

Emma é uma tia única, segundo Charlot: engraçada vaidosa e egocêntrica, tudo tinha que girar ao seu redor. Mas estava sempre sorrindo, sempre perfumada e arrumada. Ela tinha 28 anos e havia se casado com apenas 19 anos, com um magnata francês de boa aparência.

Seu esposo, o senhor Lohan, era muito bem conceituado na cidade de Colmar, na França, e sempre deu uma boa vida para Emma, que só queria saber de festas e vestidos caros. Lohan nunca negou nada que a rica imaginação de sua querida esposa quisesse.

Já era tarde e Charlot ainda estava na casa de Jorge. Quando estava com ele, ela não percebia o tempo passar. Era assim que ela se sentia.

— Jorge, eu preciso ir. Você me acompanha?

— Sim.

Chegando a sua casa, Charlot reparou em pequenos detalhes da sua fazenda: seu canteiro de flores e de como ele era lindo, nos animais e nos ninhos de pássaros nas árvores. Então ela se sentiu abençoada por tantas coisas belas ao seu redor, o que lhe trouxe uma enorme e profunda gratidão em seu coração, e percebeu que gostava da fazenda, de Jorge, da sua babá, de August e de seus pais, e que tudo isso lhe fazia feliz.

Ao entrar em casa, sua mãe já foi logo falando:

— Oi, querida. Já não era sem tempo.

— Oi, mãe. Oi, tia. Tudo bem com a senhora?

— Tudo ótimo, querida.

— Jorge, sinta-se à vontade.

— Obrigado, dona Lúcia.

— Filha, eu tenho uma grande notícia para te dar.

— Eu e seu pai estávamos conversando e eu pedi para a sua tia um grande favor, que tenho certeza de que você irá amar. Bem, sem mais rodeios... Pedi para você ficar um tempo com sua tia na França, e ela gentilmente concordou. Surpresa!

— Nossa, mãe! Surpresa mesmo. Mas justo agora que estou me sentindo à vontade aqui.

— Querida, desde pequena você olhava para as estrelas e ficava imaginando como seriam outros lugares. Quando um avião passava, não importava o que você estivesse fazendo, você parava tudo só para olhar e dizia que um dia estaria lá. Seu pai e eu sempre tivemos condições de fazer isso por você, mas a correria do dia a dia e os negócios sempre nos deixaram presos aqui. Essa é uma ótima oportunidade para você lidar com as suas inquietações.

— Jorge, você está bem, querido? Está pálido — perguntou dona Lúcia.

Jorge tremia e estava com as mãos geladas. É que naquele momento ele percebeu que amava Charlot e a ideia de ela ir para longe o deixou muito perturbado.

— Eu preciso ir, senhora. Charlot, depois nos falamos.

— Tudo bem, Jorge. Mas você está bem?

— Sim, Charlot. Mas eu preciso ir.

E Jorge retirou-se meio tonto, pensando: "Justo agora que eu entendi meus sentimentos por ela, ela irá partir". A única coisa que o consolava era pensar que seria por pouco tempo, mas a ideia de Charlot conhecer alguém o deixou muito perturbado.

Depois que Emma foi embora, Charlot perguntou para sua mãe:

— Mãe, quando a tia irá partir?

— Daqui a uma semana, amor. Você precisa se organizar e arrumar as suas coisas.

Os dias que se seguiram antes da partida de Charlot foram frios, o que combinava com a tristeza de Jordana. Seus pais também sentiam a ida da menina, mas era preciso fazer esse sacrifício por ela.

Jordana, quase mãe de Charlot, com a notícia da partida da menina, vivia aos prantos pelos cantos da casa. Dona Lúcia e seu Rubens ficaram incomodados com sua profunda tristeza e se sentindo ainda mais culpados, mas, mesmo assim, estavam decididos a mandarem Charlot para a França.

Aos poucos Charlot começou a se empolgar com a ideia da viagem, lembrando-se de tudo que sua tia já havia lhe falado sobre Colmar, que era conhecida como a "Cidade dos Desejos", e que nela tinha realizados todos os seus, como conhecer o seu marido. "Será que realmente é a cidade dos desejos?", pensou a garota.

Um dia antes da partida, Charlot decidiu ca minhar pela fazenda e se despedir de tudo. Ela não queria ver ninguém, somente refletir um pouco. Já estava anoitecendo e notou algumas estrelas no céu. Lembrou-se, então, das inquietações que tinha em seu coração e percebeu que aquilo que parecia ser tão trágico poderia ser um novo começo.

Lembrou-se de Júlia, sua melhor amiga de infância. Quem sabe até se encontrariam por lá! De repente, a ideia da viagem já não parecia mais uma tortura para Charlot, mas uma grande oportunidade.

3

A DESPEDIDA

Finalmente, chegou o dia em que Charlot passou a esperar com entusiasmo. Havia uma grande confusão de sentimentos com uma boa mistura de medo. As malas já estavam prontas e Jorge não apareceu, e isso a incomodou muito, pois ela não fazia ideia do que estava acontecendo com seu melhor amigo.

Lúcia e Rubens tinham a esperança que sua pequena Charlot pudesse se tornar uma grande mulher, mas as misturas de sentimentos maternais e paternais sacudiam o peito de ambos. E Lúcia estava decidida de que era necessário fazer essa viagem.

Jordana saiu com o pretexto de fazer compras para não chorar mais na frente da menina – como ela chamava carinhosamente Charlot, "minha menina", mas somente para si, claro. Muitas vezes tinha até medo que dona Lúcia e seu Rubens a escutassem.

A viagem foi longa, mas finalmente chegaram à França. Charlot olhava curiosa pela janela do avião e suas inquietações pareciam pequenas diante da grandeza do que a esperava.

Tudo já estava preparado para a sua chegada. Emma já havia alertado seu esposo de que ela queria algo grande para celebrar a chegada de Charlot. Era um costume de Emma comemorar todos os eventos que achava importante com uma alegre e grande festa. Todos adoravam a personalidade de Emma, sempre alegre, e mesmo quando preocupada com algo ela quase nunca demonstrava, sendo o seu lema: "Sorria, e comemore a vida".

Ao entrar na sala Charlot se deparou com aqueles brilhantes lustres pomposos, os detalhes da mobília, tudo era prefeito demais; e com aquela gente toda olhando para ela, a menina começou a se sentir pequena diante daquela situação.

— Tia, não precisava de todo esse trabalho!

— Claro que precisava, querida. Você é a minha sobrinha amada!

Por um momento Charlot sentiu-se atraída por todo aquele luxo; nada era simples, tudo parecia mais colorido e atrativo. Mas ela tinha uma pergunta para si mesma sobre suas inquietações: será que elas vão passar?

As mulheres, todas bem vestidas e muito diferente das mulheres da Fazenda das Rosas estavam ansiosas para conhecer a doce Charlot, como lá ela era conhecida. Toda essa euforia fez com que naquele momento ela não sentisse falta da fazenda e das pessoas que ela amava, fazendo-a se sentir culpada por isso.

— Muito amável sua sobrinha, Emma! Espero que goste da sua estadia aqui— disse Miori, melhor amiga de Emma.

— Obrigada — respondeu Charlot, encantada com aquele novo mundo que lhe estava sendo apresentado.

E essa noite foi incrível. Charlot estava apaixonada por tudo o que estava presenciando, cada detalhe, os sorrisos, o luxo, tudo era perfeito. Sem dúvidas, pensava Charlot, já estava se sentindo parte disso.

O dia amanheceu em uma das cidades mais bonitas da França, a velha Colmar, conhecida por sua beleza inigualável. Charlot estava ansiosa por andar em suas ruas.

— Charlot, esta é Colmar, meu lar. O que acha?

— Perfeito, tia! Colmar é incrível, uma cidade linda, realmente linda! — Suspirou Charlot, pensando no que a França lhe reservava.

— Tia, será que estou sendo egoísta por não sentir saudades de casa?

— Claro que não, querida. Aliás, vou te contar um segredo: às vezes, para vivermos intensamente, devemos ser um pouco egoístas.

As palavras de Emma tocaram fundo no coração de Charlot, que estava cheio de esperanças naquele momento. Mas ela lembrou-se de August, pensando que talvez ele estivesse sentindo a sua falta, e isso a deixou animada. No início, ela estava muito entusiasmada com cada dia em Colmar, mas com o passar do tempo os dias foram ficando entediantes e Charlot sentiu a necessidade de fazer algo; e ela também estava começando a sentir falta das longas conversas à tarde com Jorge.

— Querida, já pensou em fazer um curso de verão enquanto está aqui?

Charlot adorou a ideia. Aliás, estava na hora de começar os desafios na velha cidade de Colmar.

— Sim, tia, essa ideia me agrada.

— Então está decidido! Vou te matricular hoje mesmo.

Emma e Charlot foram até a escola de cursos de verão. Ela era grande e na parte interna havia um lindo jardim que tirava o fôlego pela sua beleza.

— Que belo jardim — disse Charlot para a diretora do curso, a senhora Louise.

— Esse jardim aqui é a referência da nossa escola Charlot. Espero que decida passar uns meses aqui com a gente.

— Com certeza, ela já decidiu — disse a tia, mais entusiasmada do que a menina.

— Sim, eu quero — falou Charlot.

Finalmente, o grande dia chegou. Charlot estava animada para o seu primeiro dia de aula no curso de verão.

— Charlot, o que você pretende usar hoje já que é o seu primeiro dia?

— Nada muito formal, tia. Que tal essa roupa?!

— Está perfeita! Uma calça jeans e uma camiseta são o que precisa.

No curso, Charlot despertou alguns olhares maliciosos, outros curiosos, e alguns prometendo uma possível amizade, entre eles Pierre, Dominique, Sofia e Liliane, que por sinal, eram grandes amigos, e andavam sempre juntos. Pierre e Dominique eram irmãos.

Pierre era o irmão mais velho de Dominique, uma diferença de dois anos de idade. Eles eram nascidos na cidade de Colmar, mas quando Dominique completou 4 anos de idade seus pais resolveram mudar-se para a Inglaterra. Seus avós nunca deixaram a França, e quando Pierre completou 22, ele e Dominique decidiram voltar para sua cidade natal e morar com seus avós.

Seus pais falavam francês, mas na Inglaterra resolveram que manteriam somente a língua inglesa. Por esse motivo não falavam francês com Pierre e Dominique, e com o tempo o inglês começou a fazer parte de suas vidas.

Ao chegarem a Colmar, Pierre e Dominique conheceram Liliane e Sofia, e eles resolveram fazer o curso de verão juntos, criando uma forte amizade.

Liliane e Sofia moravam no Brasil, mas quando pequenas tinham uma babá que, em certo momento, foi morar na França. Depois de alguns anos, a babá Luma veio para o Brasil para passar férias e reencontrou Sofia e Liliane, e as convidou para passarem um tempo com ela em Colmar. Dona Radassa, mãe de Liliane e Sofia, confiava em Luma, pois ela ajudou a criar as meninas, indo embora só quando a primogênita, Liliane, completou 15 anos de idade.

O curso de verão se dava em uma escola grande de Colmar, em um lugar arborizado e calmo. Nos fundos do colégio havia um belo jardim que Charlot começou a frequentar. E era o lugar favorito de Pierre.

De longe, ele observava a moça. No começo, achava-a estranha, mas depois ficou curioso para conhecê-la. Aquele cabelo ruivo começou a despertar no rapaz uma imensa curiosidade. Charlot sempre fazia a mesma coisa: chegava, ia para o jardim e ficava sentada em um dos bancos, admirando a natureza até começarem as aulas; ela não fazia amigos, era bastante só.

— Olá, garota nova! Meu nome é Pierre. Como se chama?

— Meu nome é Charlot. Prazer!

— O prazer é todo meu —disse Pierre, com ar de malícia.

— Estas são Sofia e Liliane, irmãs, e Dominique, meu irmão, mas eu sou mais bonito! — Brincou.

Ambos eram magros, mas Pierre era loiro e alto, havia puxado os traços de sua mãe, e Dominique era moreno, também alto, e havia puxado os traços do pai.

— Tudo bom? — Perguntou Dominique, sem graça com o comentário de seu irmão.

— Tudo ótimo! — Disse Charlot, envergonhada com as palavras de Pierre.

Sofia e Liliane eram de poucas palavras. Elas tinham cabelo castanho-claro e eram muito bonitas. Elas eram ótimas amigas, sempre leais às coisas em que acreditavam. Com o passar dos dias, Charlot foi se adaptando ao ritmo novo e passou a andar com os seus novos amigos.

— Boa tarde, tia!

— Oi, meu amor. Como foi seu curso?

— Foi bom, como sempre.

— Hoje quero dar uma pequena festa. Você pode convidar seus amigos se quiser.

— Sério, tia? E qual o motivo da festa?

— Comemorar a vida — respondeu Emma. — Comemorar a vida! E tenho outra novidade, querida.

— Quantas novidades, tia — falou Charlot. — Pode falar.

— Sabe quem vem aqui em casa hoje e está feliz de saber que você está aqui?

— Quem? — Perguntou Charlot, bastante curiosa.

— Sua amiga de infância, a Júlia. Lembra-se dela? Ela também mora em Colmar. Uma vez comentei com a sua mãe, mas acho que ela se esqueceu de te falar.

Charlot sentiu uma enorme alegria por rever Júlia, sua melhor amiga de infância. "Como será que ela está?", pensou Charlot.

— Eu a convidei para a festa, Charlot. Assim ela conhece seus amigos também. Agora me conta sobre o curso. Algum gatinho?

— Tem um garoto muito engraçado e falador lá. O nome dele é Pierre e é um gato, mas ele nunca me daria bola. Eu até o peguei olhando para mim várias vezes no jardim, que é onde eu mais gosto de ficar, mas ele não tinha coragem de falar comigo até esses dias. Mas do nada ele se apresentou e desde então ficamos juntos durante o intervalo. Eu acho que estou gostando dele, tia, mas não sei se ele gostaria de alguém como eu, tão insegura.

— Por que ele não gostaria? Você é linda, meu amor, e tem um sorriso encantador. Só se esse rapaz for louco de não notar você.

— Obrigada, tia. A senhora sempre me fazendo eu me sentir bem comigo mesma.

— Charlot, você é linda. Nunca deixe ninguém falar ao contrário, entendeu?

— Sim, tia. A senhora está certa.

— Credo! Não me chame de senhora. Eu lembro que já estou ficando velha.

— Velha, a senhora tia? Nunca!

Nesse momento, elas riam e se abraçaram.

4

Amor de Irmãs

A noite estava linda e Emma havia comprado um lindo vestido para Charlot usar. Os convidados foram chegando e Júlia, finalmente, também.

Ao rever a sua amiga, Charlot não se aguentou de tanta felicidade. Sua alegria era imensa. Ela pensou que não precisava de mais nada, pois Júlia era como a irmã que ela não tinha e sua presença ali a fazia se sentir em casa, na velha Fazenda das Rosas.

Charlot cumprimentou Júlia e a abraçou tão forte e demoradamente que a moça se sentiu sem graça. Então Charlot subiu para terminar de se arrumar, e nesse curto período os amigos do curso chegaram.

Quando Pierre chegou, Júlia teve uma sensação estranha e não conseguiu parar de olhar para ele. "Que garoto, lindo", pensou, mas ela não sabia que Pierre estava encantando por Charlot.

A descida de Charlot foi triunfal, e Dominique e Pierre pararam o que estava fazendo para observá-la. Realmente, ela estava linda naquele vestido, um preto longo e formal.

Charlot era uma típica ruiva, com seu cabelo longo, cor de fogo, algumas sardas em sua pele. Todos a achavam linda, mas ela, algumas vezes, questionou sua beleza. Por não ter sorte com os homens e provavelmente por ser muito tímida e estar sempre com Jorge, os rapazes se afastavam.

O olhar de Pierre para Charlot incomodou Júlia, que se aproximou dela, aproveitando a oportunidade para ser apresentada aos amigos da anfitriã.

— Boa noite. Você está linda — disse Pierre.

— Já eu acho que você está fenomenal — falou Dominique.

Charlot, Sofia e Liliane riram, achando isso engraçado. No coração da jovem não havia maldade, mas Pierre insistiu um pouco mais, mostrando certo interesse nela. Aproveitando, Charlot apresentou Júlia aos seus novos amigos.

— Gente, esta é minha melhor amiga de infância, Júlia. Ela morou pouco tempo no Brasil e se mudou para Colmar ainda pequena.

— Prazer! Como Charlot falou, me chamo Júlia e estou aqui há bastante tempo. E vocês?

— Para falar a verdade, chegamos há pouco tempo, mas já estamos amando esse lugar — respondeu Sofia.

Dominique sentiu certa atração por Júlia, achando-a muito bonita.

— Olha, irmão, achamos uma professora particular de francês.

Júlia sorriu e olhou para Dominique, respondendo:

— Eu adoraria!

— E qual é a relação de vocês? São namorados? — Júlia perguntou para Pierre e Charlot, que deu uma leve engasgada.

— Não. Somos apenas amigos. Nos conhecemos no curso de verão e estamos nos dando super bem, apenas isso.

— Entendi! — Falou Júlia, sentindo-se aliviada.

— Mas, então, pessoal...vamos nos divertir! — Disse Charlot, empolgada por ter Júlia ali.

Charlot estava se sentindo esplêndida em seu vestido preto, e com seus amigos ao lado ela não sentia mais aquelas inquietações que tanto a perturbavam. Ela não sentia mais medo, sentia-se leve.

Pierre dançava pela pista até que algo aconteceu: sentiu vontade de beijar Charlot. E ele a puxou pelas mãos e a beijou. Sofia, Liliane e Dominique deram risada, mas Júlia sentiu-se incomodada com a situação.

Dominique quis seguir o exemplo do irmão e tentou fazer o mesmo com Júlia, que, sorrindo, empurrou-o de leve.

Pierre e Charlot chamaram a atenção de toda a festa pelo jeito como se beijavam. Emma também viu, mas não se intrometeu, pois sabia que a sobrinha precisava desse momento. Ela tinha conhecimento de que no aniversário de 18 anos de Charlot, August a dispensara. E ela riu lembrando-se de Lúcia. O que será que sua irmã faria se visse Charlot naquele momento?

Lúcia sempre dizia que Emma era a tia doida de Charlot, que sempre mimava a menina e a deixava fazer o que ela queria. E no fundo Emma sabia que ela tinha razão, pois odiava regras.

Já estava tarde e a festa terminou. Charlot subiu para o seu quarto com vergonha de si mesma. Pierre foi o primeiro menino que Charlot beijou, mas só ela sabia disso. Ela sempre foi muito tímida e muitas vezes não sabia como se comportar, então evitava sair com rapazes.

No dia seguinte, Charlot estava com uma tremenda dor de cabeça, pois não havia dormido direito pensando no que havia acontecido. Ela se perguntava por que tinha beijado Pierre, se ela sentia algo por ele.

Emma estava decidida a ter uma conversa com sua sobrinha para saber o que estava se passando em sua mente, pois era responsável por Charlot na França. Já Pierre não parava de ligar para Charlot, pois estava realmente interessado nela e tinha medo de ela se afastar.

— Bom dia, querida. Tudo bom? Por acaso não está atrasada para o curso?

— Tia, sinceramente, não estou com cabeça para o curso hoje.

— Entendo, querida. Aproveitando a oportunidade, você está bem em relação à ontem à noite?

— Tudo bem sim.

— Por que não atende o Pierre e acaba logo com essa agonia?

Charlot por um momento considerou atendê-lo, mas estava constrangida com tudo o que havia acontecido, então achou melhor inventar uma desculpa para não encarar os fatos.

— Tia, eu ando com muita dor de cabeça. Por esses dias prefiro ficar em casa.

— Tudo bem, meu amor. Mas fale comigo.

5

MINHA VIDA & MINHA VOZ

Charlot sentiu uma vermelhidão em seu rosto, já que não estava acostumada a comentar sua vida com ninguém a não ser com Jorge. Nesse momento, sentiu uma estranha falta do seu amigo, uma necessidade da sua presença ali. E ela não queria ir para o curso porque estava com medo de encarar Pierre.

— Tia, não quero falar sobre o que aconteceu. Somente aconteceu, tá bom? Somos apenas amigos, nada mais.

Emma sentiu-se incomodada com a resposta de Charlot, pois ela achou que a menina conversaria com ela a respeito. Foi então que Emma entendeu o quanto Charlot era reservada e que somente alguém muito próximo a ela poderia ajudá-la a entender seus sentimentos. Mas, com certeza, essa pessoa não era ela nem seus pais.

Emma pensou em Jorge e sentiu culpa por não conseguir ajudar Charlot. Talvez, se fosse mais séria, teria mais credibilidade, mas esse era o seu jeito, sempre alegre e bem-humorada, sem mostrar austeridade diante dos fatos, apenas vivendo o momento. Enfim, era uma dondoca que sempre satisfazia seus desejos.

Naquele dia chuvoso tudo parecia estranho para Charlot, que não parava de pensar em Pierre; e quando se lembrava de tudo parecia ainda pior, pois ela sempre se preocupava com o que as pessoas pensavam, muitas vezes esquecia de si mesma para agradar aos outros, e o que mais tinha medo era de expor seus sentimentos e de parecer ridícula, por isso sempre os negava com receio de ser repreendida.

Naquela manhã ela pensou por horas e tomou a decisão de que iria mudar o jeito que se enxergava, ia tentar não se importar tanto com os julgamentos das pessoas e deixar de viver como se não fosse errar nunca.

"Tudo bem cometer erros, faz parte do processo de todos", pensou ela. Aliás, ela nunca tinha conhecido ninguém que fosse perfeito. Ela começou a admirar sua tia, que nunca se preocupou com julgamento de ninguém e sempre viveu da forma correta e muito mais leve. Decidida, Charlot tomou um bom banho e ligou para Pierre perguntando se era possível se encontrarem.

— Pierre, preciso conversar com você. Podemos nos encontrar no café aqui da esquina? — O café da esquina era um ponto comum entre os jovens parisienses.

— Claro que sim! — Respondeu Pierre.

Charlot estava segura de si, decidida a conversar com Pierre sem nenhum tabu. Estava cansada de tanto formalismo, precisava tomar as rédeas da sua vida. Então a menina Charlot já não era mais uma menina, pois estava começando a sentir desejos e a questionar a si própria, se toda a sua inquietação não seria a sua voz presa dentro de si, pois nunca tinha coragem de falar o que pensava. E ela sempre lembrava com orgulho de quando teve voz e não guardou o quebra-cabeça, como seu pai pediu, dando-se o desafio de montá-lo e conseguir.

Seus pensamentos eram sempre os mesmos e ela estava cansada disso. Ela queria ter a sua própria voz e não viver na sombra de ninguém. Ela vivia sempre com medo de decepcionar as pessoas e por causa disso anulou quem ela realmente era.

Definitivamente, Charlot estava determinada a deixar aquela menininha tímida e insegura de lado para dar voz a uma mulher que tomasse as rédeas da sua vida e das suas próprias decisões. "Caso eu me arrependa, se eu errar, tudo bem, aprenderei e tentarei fazer a coisa certa. Todos erram, esse é um processo natural da vida", pensou.

6

Uma visita inesperada & Decisões precipitadas

— Que bom que veio, Charlot! Antes de você falar qualquer coisa, tenho algo a revelar. Eu estou apaixonado por você, não consigo te tirar da minha cabeça —disse Pierre, com as mãos trêmulas.

Charlot se inclinou levemente para trás. Suas mãos suavam e ela sentia uma imensa inquietação em seu peito. Mas também sentia um fogo ardente, que podemos chamar de desejo. Ela sentiu vontade de beijar Pierre, mas antes que pudesse falar algo, ele a surpreendeu com uma pergunta direta:

— Você aceita namorar comigo?

— Sim — respondeu Charlot, sem acreditar que iria namorar com o rapaz mais gato do curso.

Charlot e Pierre se abraçaram e trocaram beijos apaixonados na cafeteria. Inclusive, era lá que se encontravam todas as tardes. Charlot parecia estar em paz consigo mesma e estava vivendo o melhor momento da sua vida.

Emma percebeu rápido uma mudança no comportamento de Charlot. Ela parecia mais segura de si e mais feliz. Charlot estava motivada e isso a deixava feliz. A tia pensou: "Acho que Colmar está realizando mais desejos!".

Em uma tarde, enquanto Charlot arrumava-se para se encontrar com Pierre, uma visita inesperada e curiosa apareceu. Era Júlia, meio tímida e desconfiada.

— Boa tarde, senhora Emma. Tudo bom? A Charlot está por aí?

— Sim. Ela está se arrumando para sair. Você sabia que a sua amiga está de namoradinho novo?

— Sério? Não diga! E quem é o felizardo? — Falou Júlia, temendo a resposta.

— Espera aí... me deixar lembrar... é um tal de Pierre.

Júlia sentiu um leve incômodo.

— Charlot! Sua amiga está aqui! — Gritou Emma das escadas.

Charlot desceu rapidamente. Estava com uma calça jeans rasgada, cabelo molhado e um leve perfume de lavanda.

— Júlia! Que surpresa! Tenho novidades.

— A sua tia me contou que está namorando o menino da festa, o Pierre. É esse o nome dele? Você sente algo mais forte por ele? — Perguntou Júlia.

— Acho que estou sentindo sim. Na verdade, quando estou com ele sinto algo diferente, como se não sentisse falta de mais nada, entende?

— Fico feliz por você, amiga. Desejo boa sorte. Você merece.

Júlia deu um forte abraço em Charlot, sentindo-se culpada por ter sentimentos por Pierre. Ela não sabia direito o que era, mas estava decidida a não ser um fardo para a amiga revelando isso a ela.

O tempo foi passando e a felicidade de Charlot foi se tornando cada vez mais evidente. Porém, ela começou a sentir a falta de Júlia, que, é claro, havia se afastado devido aos seus sentimentos por Pierre.

Em uma linda noite cheia de estrelas, mais uma vez a tia de Charlot resolveu dar uma festa. O motivo? Nenhum, ela apenas sentiu vontade mesmo. Mas essa noite mudaria a vida de Charlot, fazendo-a, até mesmo, questionar mais uma vez a sua voz interior, aquela que ela sempre sentia que era tão pequena e que parecia nem existir.

— Tia, tudo pronto para esta noite. Precisa de ajuda?

— Não, Charlot. A sua belíssima e ilustre tia já preparou tudo.

A noite chegou e Charlot foi recebendo os convidados de sua tia. Claro, não poderiam faltar seus amigos, incluindo Júlia, e Pierre, seu namorado. Ao chegar, Pierre avistou Charlot de longe e se aproximou.

— É aqui que mora uma menina linda?

— Isso depende de quem procura — respondeu Charlot toda envergonhada com o que Pierre havia dito.

— Fala para ela que seu namorado lindo e charmoso chegou! Para de conversa e me beija!

Charlot então puxou-o para perto dela e o beijou sem nenhum pudor. E Pierre beijou-a com tanta intensidade que ela ficou sem graça. Júlia chegou em seguida e conseguiu ver um pouco da cena. Ela deu uma leve tossida e entrou em seguida, vermelha e incomodada com a situação.

A música tocava e Júlia conseguia olhar apenas para o Pierre. Era como se não houvesse mais ninguém na festa.

— Para de encarar meu namorado — disse Charlot, sorrindo inocente, sem perceber as intenções de Júlia.

— Eu? Imagina, amiga.

A campainha soou e Emma saiu do salão curiosa, pois tinha certeza de que todos os convidados já tinham chegado. A empregada dirigiu-se a Emma e disse:

— Acho que é parente, senhora.

Emma tossiu levemente e perguntou:

— Quem é?

— Ele disse que se chama Jorge, senhora.

Charlot estava nos braços de Pierre quando ouviu o nome dele e deu um grito alto, chamando a atenção de todos.

— Jorge!

Pierre tentou segurá-la pelos braços, mas Charlot correu como uma louca para a sala de visitas, onde seu amigo estava. O coração dela bateu rápido ao ouvir o nome dele. Estava muito feliz. "Será que é o meu Jorge?", pensou ao passar pela porta. Quando Jorge se virou Charlot quase caiu para trás. Ele estava mais bonito, sua pele parecia mais viva e corada.

As mãos de Charlot tremiam quando abraçou Jorge. Todos os olhares dirigiram-se para a sala de visitas, inclusive os de Pierre, que não gostou nada da cena que viu. Ele foi até ela e a puxou, pedindo-lhe as devidas explicações. Já vendo os cochichos maldosos referentes à sua sobrinha, Emma gritou:

— Jorge, seja bem-vindo! Gente, esse é Jorge, ele é como um irmão para Charlot. Eles foram criados praticamente juntos.

Ao ouvir isso, o coração de Pierre voltou para o lugar. Júlia se aproximou de Jorge e lhe deu um grande abraço, dando as boas-vindas ao seu melhor amigo de infância.

— Seja bem-vindo, meu amigo! Quanto tempo! Finalmente reunimos os três mosqueteiros! — Disse Júlia.

Enciumado, Pierre saiu para a varanda. Percebendo o clima, Júlia foi atrás de Pierre para lhe explicar tudo.

— Charlot está zombando de mim? — Perguntou Pierre, indignado com tanta atenção de Charlot para com Jorge.

— Calma. Ela ainda não teve a oportunidade de falar da amizade dela com Jorge. Ela o considera como um irmão, Pierre. Não é nada do que você está pensando. Fomos criados praticamente juntos. Quando eu vim para Colmar, Charlot não se aproximou de mais de ninguém e manteve a amizade com Jorge, e somente com ele. Como fazia tempo que eles não se viam, é normal essa reação. A tia de Charlot sempre comentou com a minha mãe a forte amizade dos dois.

— Tem razão. Não vou estragar esse momento. Me acompanha moça? — Disse Pierre, estendendo o braço para Júlia.

Júlia, sem reação, aceitou e foi para o salão principal. Enquanto eles andavam para o salão, Júlia sentiu uma leve tontura.

— Você está bem, Júlia? Está tremendo.

— Não é nada. Acho que minha pressão está baixa.

Pierre foi à cozinha, pegou um pouco de água e ofereceu a Júlia.

— Vai lá conversar com Charlot. Ela deve estar preocupada. Eu me viro aqui.

— Não até ter certeza de que você está bem.

— Eu estou bem, pode ir.

Quando Pierre começou a se afastar, Júlia falou:

— Charlot é uma mulher de muita sorte por ter você!

— Obrigada. Mas é o contrário — respondeu Pierre, indo em direção à namorada.

Charlot avista Pierre de longe e vai ao seu encontro, um pouco envergonhada.

— Pierre, eu estava a sua procura. Me desculpe o mal-entendido com Jorge.

— Charlot, me desculpe você por duvidar.

Pierre pegou Charlot pelos braços e a conduziu lentamente para o salão principal, querendo aproveitar cada segundo da sua presença. Eles dançavam grudadinhos, até que Charlot lembrou-se de Jorge e sentiu uma estranha necessidade de ir ao encontro dele.

— Pierre...— disse Charlot, ansiosa para conversar com o amigo—, eu preciso falar com o Jorge. Ele acabou de chegar.

— Claro! Pode ir lá dar atenção para o seu amigo.

Pierre sentiu uma sensação estranha, mas se lembrou de Júlia e resolveu procura-la para lhe fazer companhia. A jovem ainda estava na cozinha, contemplando as estrelas pela porta que dava para a área externa, como se estivesse fazendo um pedido.

— Oi, moça. Tudo bem? — Pierre falou ao chegar perto dela.

Júlia deu um salto para trás e suas mãos começaram a tremer, e Pierre percebeu e estranhou o comportamento dela.

— Porque toda vez que você me vê parece que passa mal?

Júlia sorriu sem graça e notou que Pierre não havia percebido seus sentimentos.

— Eu só estou cansada. Conseguiu falar com Charlot?

— Sim, mas ela quis conversar com seu amigo Jorge.

— Entendo. Mas como lhe falei, Charlot é uma moça séria, não tem com o que se preocupar.

— Você parece ser uma ótima amiga. Ela tem sorte de ter você também.

Nesse momento, Júlia virou-se para Pierre e novamente sentiu uma leve tontura. Ao perceber que Júlia ia cair, Pierre segurou-a com força. Ainda tonta, Júlia segurou firme os braços de Pierre e ao encontro de seus lábios, beijando-o ardente e apaixonadamente.

De início, Pierre tentou afastar Júlia, mas não conseguiu e correspondeu ao beijo da moça. Emma entrou na cozinha e levou o maior susto, dando um pequeno grito, chamando a atenção de Charlot, que estava por perto. Charlot entrou correndo na cozinha a tempo de ver Júlia nos braços de Pierre, que tentou empurrá-la, mas percebeu que era tarde demais. Charlot partiu para cima de Júlia e lhe deu um tapa no rosto, e com lágrimas nos olhos se afastou de ambos.

— Espere, Charlot! Eu posso explicar! Foi um grande mal-entendido.

— Ah, claro! Sua boca nos lábios da minha melhor amiga não poderia ser outra coisa a não ser um acidente, não é mesmo? Vão embora agora!

— Espere, Charlot! Eu não tive a intenção. Eu nem sei como permiti que isso acontecesse —disse Pierre, trêmulo.

— Você está sendo injusta — falou Júlia.

— Cala a boca, sua piranha! — Gritou Charlot tão alto que nem ela acreditou. Sua voz estava começando a ser ouvida. — Agora tudo faz sentido! Toda vez que você estava perto de mim e Pierre você não tirava os olhos dele! Era ele quem você queria? Pode levá-lo! — Falou Charlot, histérica, para Júlia, chamando a atenção de todos na festa.

— Espere! Eu te amo, Charlot. Não me trate assim... — disse Pierre angustiado com o jeito que Charlot o estava tratando.

— Não parecia me amar há poucos minutos quando estava beijando a Júlia. Aliás, quando dei um abraço no meu amigo você ficou com ciúme, mas beijar a Júlia é normal?

Nesse momento, Jorge entrou sem saber o que estava acontecendo e viu Júlia aos prantos. Ele a abraçou e tentou consolá-la, sem entender a atitude de Charlot, que amava Júlia como sua própria irmã. Mas ele já havia percebido que algo tinha acontecido.

Desesperada com o escândalo, Emma pediu aos convidados para irem embora. E então disse a Jorge:

— Jorge, eu vou te mostrar o quarto de hóspedes. Por favor, me acompanhe!

— Claro, senhora Emma. Muito obrigado pela sua hospitalidade.

— Charlot, espere que depois eu quero falar com você.

— Me desculpe, tia, mas hoje não quero falar com ninguém. Vou para o meu quarto.

— Tudo bem, querida. Amanhã nos falamos. Tenha uma boa noite.

Pierre e Júlia se retiraram envergonhados. Comovido com a dor de Júlia e notando que os convidados condenavam-na com o olhar pela sua atitude, Pierre pegou-a pela mão, coloca-a no carro e a levou para casa. Ao sair do carro, ainda aos prantos, Júlia tentou falar com ele.

— Pierre, por favor, espere!

— Moça, você tem ideia do que você fez? Acabou com o meu namoro. Eu gosto dela e agora ela não quer nem mais olhar para mim.

— Eu não fiz aquilo para sacanear a minha amiga. Só que eu não paro de pensar em você desde o dia em que fomos apresentados. Eu acho que foi amor à primeira vista. Eu nunca eu senti nada assim por ninguém. Quando você está perto de mim meu coração parece que vai sair do peito e minhas mãos tremem sem eu conseguir controlar. Parece até que eu vou desmaiar. Perdoe--me, Pierre, mas gosto de você de verdade!

— E o que faço com isso? — Perguntou Pierre friamente. — Eu amo a Charlot. Me desculpe se de alguma forma te dei alguma esperança, mas eu sempre fui louco por ela. Sinto muito por não poder te corresponder —disse Pierre, nervoso.

— Mas eu nunca tive esperança de que isso acontecesse, embora tenha te beijado, e eu ainda nem sem o porquê. Mas quer saber? Não me arrependo do beijo e nem de ter falado o que sinto por você — falou Júlia.

— É melhor eu ir. Preciso consertar algo — falou Pierre, deixando Júlia em frente à casa dela, aos prantos.

7

REALMENTE IRMÃS?

Pierre sai como louco, sem olhar para trás. Inconformada, Júlia entra em sua casa com um peso a menos em suas costas por ter confessado seu amor, mas um fardo a mais por ter perdido sua melhor amiga de infância.

No dia seguinte, Charlot procurou Jorge para conversar. A presença do seu amigo nunca foi tão oportuna como nesse momento. Daquele dia em diante ela se apoiaria novamente em seu amigo e se lembraria do quanto ele sempre foi importante na sua vida.

— Charlot, tudo bem? — Perguntou Jorge.

— Não — respondeu Charlot. Pierre não para de me ligar e eu não quero mais nada com ele.

— O que aconteceu, Charlot. Porque você tratou a Júlia daquela maneira?

— Jorge, você não viu o que aconteceu não, é? Eu peguei Júlia e Pierre aos beijos na cozinha. É... não foi nada demais... entrei na cozinha e peguei minha melhor amiga beijando meu namorado. Só isso!

Jorge não sabia ao certo o que fazer. Disso tudo surgia uma grande oportunidade para se aproximar de Charlot, mas não achou justo. Emma chegou de repente e estava angustiada para conversar com Charlot.

— Amor, preciso ter uma conversa com você.

— Claro, tia. Me desculpe por ontem.

— Jorge, vou levar a Charlot um minuto de você.

— Claro, senhora Emma.

Charlot temia a conversa com a sua tia, não sabia que rumo tomaria, e estava com medo de que ela criticasse a sua atitude em relação à Júlia.

— Querida, estou muito orgulhosa de você.

— O que você disse, tia?

— Isso mesmo que você ouviu. Conheço você desde muito pequena, inclusive, ajudei sua mãe a cuidar de você no começo, pois ela estava sempre ocupada por causa do trabalho. Uma vez cheguei a ficar quase um mês em sua casa. Lohan quase enlouqueceu — Emma disse, dando risada. — Minha querida, desde a infância você sempre foi uma menina doce, mas muito insegura. Não tinha a sua própria voz, tinha muita dificuldade com as palavras. Quando você, Jorge e Júlia brincavam, era sempre ela quem decidia as brincadeiras, e estava tudo bem para você, mas isso me preocupava muito, porque era como se as suas vontades estivessem sempre depois das dela. E o que você fez na cozinha ontem foi ter sua própria voz. Eu não estou dizendo que fiquei feliz de ver você brigar com a Júlia. Mesmo gostando muito dela, ela mereceu, ela não tinha o direito de fazer aquilo. E você se impôs, Charlot! Foi a primeira vez que eu vi você se impor daquela forma sem se importar com a opinião dos outros.

— Tia, significa muito para mim o que a senhora está dizendo.

— Então escute, Charlot: nunca mais cale a sua voz, nem mesmo por quem você ama, entendeu? Ainda que ela te traga arrependimentos, é com ela que você vai aprender a errar e a acertar. E se errar, não tem problema, tudo bem, vira experiência. Hoje você é uma mulher, não é mais uma garotinha, aquela que, muitas vezes, teve suas brincadeiras preferidas anuladas.

— Sabe, tia, antes de vir para cá eu tinha muitas inquietações, mas hoje eu sinto paz, é como se estivesse no caminho certo — disse Charlot chorando de emoção.

— Eu percebi isso ao longo dos seus dias aqui, Charlot. Desde que você se afastou da fazenda eu sinto que a única pessoa de quem você tem dependido é de você mesma. Ontem mesmo, quando tomou a decisão de não conversar comigo, era a sua voz que mais uma vez estava se sobressaindo. Vou te confessar, seus pais me pediram para ajudá-la a se impor, mas eu não precisei fazer nada, você tem encontrado a sua força sozinha. E estou muito feliz com isso.

— Obrigada, tia. Significa muito para mim a sua aprovação.

— Então vai lá, querida, pois você precisa dar atenção aquele moço bonito que está lá na sala.

— Obrigada, tia.

Ao se aproximar de Jorge, Charlot falou:

— Jorge, se importa se sairmos um pouco?

— Claro que não! Vou só pegar umas coisas e vamos.

— Quero te levar ao café. É um lugar especial para mim. Eu e Pierre sempre íamos lá para conversar.

Jorge não gostou muito da ideia de ir a um lugar comum dos dois, mas não retrucou.

Chegando ao café, Charlot teve uma sensação estranha, como se aquele lugar já não pertencesse mais a ela, e começou a chorar. Jorge a puxou para seus braços e a consolou.

— Desculpe, não tive a intenção. Só te dou trabalho — disse Charlot, perto de Jorge.

— Charlot, não precisa ter medo ou receio de confiar em mim. Se quiser falar qualquer coisa, eu estou aqui.

Charlot e Jorge não falaram nada naquela manhã, apenas tomaram café e se olharam. A jovem sentiu algo estranho ao ficar de frente com Jorge. Não parava de pensar em quanto ele estava mais bonito, mais robusto e muito atraente, e de repente, puxou-o para si e o beijou. Jorge pegou-a em seus braços e correspondeu ao beijo, de forma ardente, apertando-a contra o seu peito.

Charlot sentiu algo estranho em seu corpo, a mesma sensação de desejo que havia sentido com Pierre, uma vontade imensa de se entregar para Jorge. Ela o afastou como se não pudesse mais se controlar e pediu desculpas.

— Acho melhor irmos embora — falou Charlot.

— Claro. Vou pagar a conta e vamos — respondeu Jorge, vermelho.

Chegando à casa de sua tia, Charlot foi tomar um banho. Ainda sentia aquela sensação estranha percorrendo seu corpo. Jorge foi para o seu quarto. Na hora do jantar, quando estavam na mesa um de frente para o outro, seus olhares se encontraram.

— Jorge, eu preciso falar com você.

— Eu também preciso falar com você, Charlot.

— Eu queria te pedir desculpas pelo beijo. Estou envergonhada pelo que fiz.

— Que pena, porque eu não me arrependo de ter tido você em meus braços.

Charlot não teve reação, mas sentiu seu coração bater forte e suas mãos começaram a suar. Jorge levantou-se, aproximou-se de Charlot e a beijou novamente. Nesse momento, Emma entrou e não conseguia acreditar na cena, mas saiu de fininho para eles não perceberem sua presença.

— Jorge, pare... eu ainda não terminei direito o meu compromisso com o Pierre.

— E você o ama?

— Eu estou confusa. Desde que você chegou eu não sei mais o que estou sentindo.

— Vá, procure ele e se resolva. Se você decidir ficar com ele, não vou mais te incomodar, mas eu quero que você me confirme que realmente o ama. Caso contrário não vou desistir de você, Charlot.

— Hoje eu vou para o curso e com certeza eu o verei. Mas não me pressione, por favor.

— Eu não quero te pressionar. Vou me hospedar em outro lugar até você se decidir.

Emma chegou e ouviu Jorge falar que se hospedaria em outro lugar.

— Querido, você é meu convidado, não irá para lugar algum. E não discuta comigo.

Sem argumentos, Jorge agradeceu pela hospitalidade, mas sabia que sua presença ali logo se tornaria um problema.

— Tia, vou me arrumar para o curso. Com licença.

Charlot saiu com um semblante fechado, pois estava realmente preocupada. No fundo, sentia-se culpada por condenar Pierre e, no final, fazer a mesma coisa que ele. Como será que ele reagiria quando soubesse que ela beijou Jorge? E Júlia, sua melhor amiga? Ela não sabia mais o que fazer. Mas tinha certeza de uma coisa: precisava conversar com Pierre e lhe contar o que havia acontecido. Ainda devia isso a ele.

Charlot encontrou Sofia e Liliane, que perceberam a preocupação da amiga.

— Deixe-me adivinhar... É o Pierre? — Disse Sofia, com um pequeno ar de ironia. — Charlot, eu já sei de tudo. Ele mesmo me contou. Você sabe que ele é como um irmão para mim. Eu tenho muito carinho por ele. Ao contrário de Júlia, que parece ter outras intenções. Amiga, pare de tanta inocência. Ela está disposta a lutar por ele. Pierre me disse que ela não se arrependeu de nada e que foi ela quem o beijou.

Nesse momento Charlot sentiu-se ainda mais culpada, pois sabia que também havia beijado Jorge.

8

A INDECISÃO

— Eu não sabia disso...mas ele correspondeu ao beijo.

Liliane, então, sentiu que elas deveriam deixar Charlot resolver sozinha seus problemas, pois eram muito pessoais.

— Vamos deixá-la resolver isso sozinha, Sofia. Apenas Charlot e Pierre. Eles devem conversar a sós.

Charlot sentiu uma grande admiração por Liliane nesse momento. Ela parecia ser uma boa pessoa, assim como a sua irmã, Sofia.

— Obrigada, Liliane. Mas eu preciso de coragem para falar com Pierre. Estou muito nervosa.

— A coragem está vindo em sua direção — falou Liliane, sorrindo.

— Boa sorte, amiga — disse Sofia, pegando Liliane pelas mãos e arrastando-a pelo corredor da escola.

— Oi, Charlot. Tudo bom? E aí? Podemos conversar?

— Sim, mas podemos ir para outro lugar?

— Vem comigo — respondeu Pierre, segurando Charlot pelas mãos e levando-a para os fundos da escola, onde ficava o jardim, local preferido do casal.

— Escuta, Charlot, não quero me defender. Eu sei que errei correspondendo ao beijo da Júlia, mas foi ela quem me beijou. Você pode me perdoar, amor? Eu te amo muito e estou sofrendo com a sua rejeição.

As palavras de Pierre tocaram o coração de Charlot e ela o beijou, mas ainda se sentia muito culpada e hipócrita pelo que tinha feito. Agora, Pierre era a vítima e não mais ela, mas mesmo assim ela o havia beijado. Mas ela estava tentando entender seus sentimentos, por isso tinha beijado Pierre.

— Pierre, eu te perdoo sim. Mas agora preciso saber se você vai me perdoar. Eu beijei o Jorge...

Pierre se afastou de Charlot e sua pele mudou de cor, ficando muito vermelha. Então ele se virou e deu um soco na parede. Assustada, a jovem começou a chorar. Confuso, Pierre pegou Charlot pelos braços e a beijou intensamente, como se também brincasse com seus sentimentos, e começou a ir embora. Charlot entrou em choque e ficou paralisada quando viu Pierre se afastando. Sentindo uma imensa dor em seu peito, ela grita, chamando a atenção de todos, inclusive de Sofia e Liliane, que estavam por perto:

— Espere!

Mas Pierre se afasta sai pelo portão do colégio, pega seu carro e sai dali sem olhar para trás.

— Calma, Charlot. Vem comigo. O que aconteceu? Ele estava doido para fazer as pazes com você — fala Sofia.

— Eu estraguei tudo Sofia. Eu contei para ele que eu beijei o Jorge.

Liliane observava que todas as atenções do colégio estavam voltadas para Charlot e sugere que elas fossem para outro lugar.

— Vamos para nossa casa. Vem, Charlot. Precisamos sair daqui agora.

— Mas eu tenho prova hoje! — Fala Charlot, histérica.

— Remarca essa prova. Você não está em condições para fazê-la mesmo.

Chegando à casa de Sofia e Liliane, Charlot começou a chorar e um sentimento estranho invadiu seu peito. Ela queria conversar com Pierre e se desculpar, mas também sentia raiva cada vez que se lembrava de que ele havia correspondido ao beijo de Júlia.

— Amiga, acalme-se. Toma esta água e me conta por que você beijou Jorge. Foi por vingança?

Até essa pergunta, Charlot ainda não tinha se dado conta de porque havia beijado Jorge. Então percebeu que havia sentido atração por ele, o que tornava a situação mais grave que a do Pierre, pois ele correspondera ao beijo, mas não havia sentido desejo.

— Sofia, eu beijei Jorge porque senti uma forte atração por ele. Eu estava vulnerável, mas a verdade é que desde que ele chegou eu desejei isso. Me sinto horrível...não foi o Pierre quem me traiu, eu o traí. Agora eu sei.

— Calma, amiga. Ele também errou. Mas o que me preocupa é outra coisa... quem você realmente quer na sua vida? — Falou Sofia. — Por Jorge você sentiu desejo. E por Pierre? Você sente o quê?

— Sofia, quando Jorge chega perto de mim eu perco os meus sentidos, mas com Pierre me sinto cuidada e protegida.

— Então temos uma forte mistura de química e coração, e isso é um problema... — falou Liliane.

— Escuta, Charlot, deixa seu coração falar por você. Mas eu acho que, no momento, você deveria falar com a Júlia, pois pelo que você está dizendo, antes de tudo isso acontecer, o Jorge parece ser o grande centro de toda essa confusão. Não que a Júlia esteja certa, mas ela também merece ser ouvida.

— Não. Eu estou brava com a Júlia. Ela traiu minha confiança. Eu a tinha como uma irmã. Não posso ver a Júlia agora, Sofia.

— Entendo. Mas se acalma.

— Eu vou para a casa. Obrigada por me ouvirem e me ajudarem.

Charlot abraçou suas amigas, ainda com lágrimas nos olhos, e foi para o café, onde as duas histórias começaram com Jorge e Pierre. Chegando lá, muitas lembranças com Jorge começaram a surgir. Ela lembrou-se de que sempre se sentia segura ao lado dele, com seu sorriso, e de que ele sempre a ouvia quando ela contava suas aventuras na fazenda. E, então, ela lembrou-se dos seus beijos ardentes. Porém, logo depois, pensou em Pierre e de como ele a fazia sorrir com suas piadas.

E pensando nisso tudo, ela recordou-se de August, seu primeiro amor, e de como nunca foi correspondida. Na verdade, pensou, nunca teve sorte com os homens, contudo, agora tinha dois lindos rapazes e não sabia o que fazer.

Charlot não sabia se sentia agradecida ou se sentia azarada por estar vivendo uma história de amor, ainda que com certo drama. Ela sempre falava para Jorge que um dia viveria uma grande história de amor, apesar de se achar feia, o que Jorge negava, dizendo que ela era a garota mais linda que existia. E agora, ela tinha que escolher um deles. E se ela escolhesse errado e não tivesse mais volta? Esse era o pior medo de Charlot.

— A conta, por favor.

— Eu pago — fala Pierre.

Charlot quase caiu da cadeira ao ver que Pierre estava no café o tempo todo, sentado em uma mesa ao seu lado, e ela nem havia notado. Ela sentiu uma enorme alegria e um frio na barriga. E com uma voz séria e trêmula, ele disse:

— Eu só quero te dizer uma coisa, Charlot. Eu sei que te amo e sei que esse amor é para a vida toda, mas você tem que fazer a sua escolha, não vai brincar com os meus sentimentos.

— Eu nunca pensei em brincar com você. Me perdoa — fala Charlot, chorando.

Pierre a abraça forte e assim eles ficam por alguns minutos, em silêncio. Então ele a empurra lentamente e diz:

— Você tem o tempo que precisar, mas quando decidir, que seja para valer.

Charlot limpa os olhos ainda com lágrimas, pega sua bolsa e sai em direção a sua casa, sem falar mais nada para Pierre. Chegando em casa, Jorge a vê e percebe que ela tinha chorado.

Ele sente uma vontade imensa de abraçá-la. Aproxima-se de Charlot e a puxa para seu peito. Ela o abraça forte e Jorge fala em seu ouvido bem baixinho:

— Você quer que eu me vá?

Charlot sente um frio na barriga quando ele faz essa pergunta. Ela olha bem em seus olhos e, implorando, diz:

— Por favor, você não tem culpa de nada. Fui eu que te beijei. Não me deixe.

Jorge abraça Charlot ainda mais forte e a beija. Nesse momento, ela lembra-se de Pierre e empurra Jorge, indo às pressas para seu quarto. Percebendo a situação, Emma resolve colocar um ponto final em tudo. Pegando Jorge pelas mãos e indo até o quarto de Charlot, ela bateu na porta da sua sobrinha.

— Abra, Charlot! Sou eu!

Com medo da voz da sua tia Charlot abre a porta, temendo o que iria ouvir, e quando se depara com Jorge novamente sente suas mãos suarem.

— Eu vou direto ao ponto. Vocês se amam? Charlot, você é capaz de olhar para Jorge e dizer que não o ama? Porque isso está parecendo amor. Ou é um belo fogo de palha.

— Sinto muito, tia e Jorge, mas não seria justo com o Pierre. Ele também me ama.

— Mas quem você ama, Charlot? — Pergunta Emma, constrangendo a todos.

— Não importa mais. Eu vou me hospedar em um hotel, ficar um tempo e depois me vou.

Jorge solta as mãos de Emma e vai em direção à porta. Charlot tenta impedi-lo

— Espere! Não vá!

— Escuta, eu não vim até aqui para ser o seu tormento, mas para ser a sua paz! Você está perdida, não sabe se quer a mim ou Pierre. Como eu disse, vou esperar pela sua resposta. Acredito que ele também. Mas não faça nada por mim ou por ele. Faça por você. O que você quer, afinal? Por quem o seu coração bate mais forte? Você não pode ter os dois. Não me faça acreditar que seu coração bate forte pelos dois. Um é desejo. E o outro? Onde eu me encaixo nessa história, Charlot? Não vou te beijar novamente até saber o meu lugar em seu coração. Disse Jorge.

— Espere, Jorge... não fique com raiva de mim, por favor. Me entenda...eu estou um pouco confusa e não posso afirmar que não sinto nada pelo Pierre.

— É por esse motivo que vou me afastar, Charlot. Quando você decidir o que você quer, então, só então, me procure. Eu te esperarei.

— Eu vou te procurar logo, eu prometo. Mas antes me abraça, por favor.

Jorge abraça forte Charlot, acariciando seu cabelo, e vai embora.

A tia de Charlot percebe que sua sobrinha está chorando inconsolavelmente.

— Como, tia? Como, da noite para o dia, eu perdi duas pessoas que eram especiais para mim? O Jorge, meu amigo de infância, e o Pierre, meu namorado?

— Charlot, existem coisas na vida que temos que passar para amadurecermos. Acredite, no final de tudo isso você vai ser uma mulher mais forte.

— Eu realmente espero que sim, pois nem eu entendo como pude me deixar levar. O pior é que sinto falta do Pierre, mas quando estou com Jorge eu me questiono sobre os meus sentimentos. E daí eu me acho uma pessoa horrível, tia. Como fui gostar de duas pessoas? Eu, que sempre gostei das coisas certas, me deixei cair nessa armadilha?

— Sinceramente, eu não sei, Charlot, mas cometer erros faz parte de vida. E é preciso coragem para encará-los. E neste momento, você está fazendo uso dela para ajustar as coisas. Minha sobrinha, você é nova nessa coisa de amor, então é normal que não entenda o que está acontecendo. Mas acredite, logo tudo se encaixará, assim como as peças de um quebra-cabeça solto, e no final tudo fará sentido.

A fala de Emma fez Charlot lembrar-se da sua infância e do quebra-cabeça que seu pai se recusou a montar com ela, e que, no final, ela encaixou peça por peça e percebeu que poderia fazer qualquer coisa, não importasse o quão difícil fosse, e isso a consolou. Então Charlot pensou que poderia, sim, tomar uma decisão e ser feliz, que poderia fazer qualquer coisa, e faria e escolheria.

9

Sentimentos conflituosos

— Tia, enquanto eu não tomar a minha decisão eu vou me ausentar do curso. Neste momento eu realmente preciso de paz. Depois eu faço as matérias pendentes. E minhas notas são as melhores.

— Tudo bem, meu amor, mas não se demore, pois tem duas pessoas sofrendo de ansiedade, esperando pela sua decisão.

Charlot procurou Pierre em todos os lugares possíveis. Então se lembrou que o café da esquina era o ponto de encontro deles. E era lá que ele estava, desolado e pensativo.

— Que bom que você está aqui. Eu estava como uma louca atrás de você!

Pierre assustou quando viu Charlote, sem reação, ficou parado olhando para ela.

Charlot tomou coragem e começou a falar:

— Eu sei que não tenho condições de lhe pedir nada, mas quero te pedir a sua amizade, por enquanto. Eu estou confusa, mas eu te prometo que se você não se afastar de mim e me der esse tempo que preciso eu vou tomar a minha decisão. Eu só não quero magoar ninguém, entende? Por favor, fale alguma coisa!

— Não dá, não posso ser seu amigo...como posso, Charlot, fingir que não sinto nada por você? E se você escolher ele? O que eu vou fazer? Eu não consigo ficar perto de você e não querer te beijar. Eu sinto que te amo de verdade. Meu coração dói quando estou perto de você e não posso nem ao menos te beijar. E aí você vem e diz: "Vamos ser amigos". Dá licença. Preciso ir. Eu tenho um compromisso — disse Pierre.

— Claro — falou Charlot desolada por Pierre não lhe ter dado a devida atenção, pois ela achava que merecia.

Quando Pierre foi embora, Charlot sentou-se e foi invadida por muitas lembranças. Lembrou- se de Júlia e de como elas eram grandes amigas; de Jorge e de como os três juntos eram os três mosqueteiros. A amizade sempre falava mais alto quando eram pequenos, até Júlia mudar-se para a França. Então, ficou só Jorge, a quem ela se apegou e não quis saber de mais ninguém, nunca deu espaço para outros amigos.

— Mas é claro! Quem sempre esteve ao meu lado foi Jorge. Como nunca reparei nele antes? — Falou para si mesma. —Será que é o Jorge? Além do mais, ele está tão mudado, está mais homem, mais bonito, e estou completamente atraída por ele.

Pensando nisso, Charlot falou baixinho:

— Escolho Jorge. Tenho certeza de que o amo, de que eu sou louca por ele. Como não percebi isso antes? Ele sempre esteve ali por e para mim, e ainda veio até aqui atrás de mim. Escolho Jorge! — Falou Charlot baixinho, sorrindo, certa da escolha.

Então ela saiu do café às pressas, indo ao encontro dele. Chegando na casa da tia, Charlot procurou Emma. Precisava falar com ela sobre os seus sentimentos.

— Tia, preciso falar com a senhora!

— Calma, Charlot. O que foi?

— Eu sei que Pierre me ama, mas eu descobri que Jorge sempre me amou e agora estou sentindo algo por Jorge que nunca havia se despertado antes. E acho que é mais do que desejo, tia. É amor.

— Calma, querida. Você tem certeza? É sua decisão final? Não se engane, meu amor. Sentimentos podem ser confusos.

— Eu vou saber agora, tia. Vou me encontrar com Jorge.

— Então vai! Corra e resolva sua vida, minha filha. Mas lembre-se: pode ser que não haverá mais volta. Os homens costumam ser muito orgulhoso às vezes, mesmo gostando, eles preferem sofrer a perdoar.

— Eu sei tia. Esse é o meu maior medo. Mas eu escolhi Jorge e vou assumir os riscos.

Emma achava que Charlot estava muito afobada e foi apressada ao tomar a sua decisão, mas respeitou, mantendo-se calada.

Charlot tomou um banho e colocou sua melhor roupa. Estava ansiosa para encontrar-se com Jorge e dizer que ela queria ficar com ele, que precisava dele. E o que dizer do seu primeiro amor, August? Como havia se esquecido dele rápido.

— Como estou, tia?

— Está linda! Boa sorte! Que você tome a melhor decisão e seja muito feliz. E seja qual for a sua decisão irei te apoiar.

— Obrigada, tia. Eu sempre soube que poderia contar com a senhora.

Chegando ao hotel em que Jorge estava hospedado, Charlot sentiu um frio na barriga. Queria acabar logo com aquilo e dizer a Jorge que era com ele que ela ficaria.

— Oi. Quero falar com o Jorge, por favor.

— Só um momento. Você já pode subir.

— Obrigada.

Quando o elevador abriu, Charlot teve uma surpresa ao ver Jorge esperando por ela.

— É você. Escolho você — falou Charlot ao ver Jorge.

Jorge segurou-a firme e a beijou. E logo depois, na frente de todo mundo, fez o pedido:

— Você aceita se casar comigo?

Charlot levou o maior susto com o pedido de Jorge, o que a fez pensar que poderia estar cometendo um grande erro. Ela deveria estar feliz, mas, ao contrário, sentiu um grande medo com o pedido de casamento.

— Eu não estou em condições de responder isso agora, Jorge. Por favor, me desculpe. Mas se você me der o tempo que preciso, eu responderei. Não fique bravo comigo. Vamos com calma.

— Você tem o tempo que precisar, Charlot. Já estou feliz de namorar você. Espero que seja digno disso.

— Eu tenho certeza de que será — ela respondeu, ainda que com um aperto no coração, pois sabia que Pierre se afastaria definitivamente de sua vida.

Quando Emma soube da notícia, como não poderia deixar de ser, resolveu fazer uma grande festa para comemorar. Ela disse a Charlot para convidar todos os seus amigos, pois achava que eles tinham que participar. Na verdade, Emma temia pela decisão da sua sobrinha, mas achava importante apoiar Charlot.

— Charlot, quero todos os seus amigos do curso. E eu quero dizer todos mesmo, sem exceção.

No fundo, Emma queria provar para Charlot o peso da decisão dela, pois talvez Pierre estivesse lá.

— Mas, tia...e quanto a Jorge?

— Minha querida, é justamente nele que estou pensando ao te pedir para convidar todos.

Charlot não entendeu o que sua tia quis dizer. Por que deixar Jorge e Pierre no mesmo ambiente? E pior, qual seria a reação de Jorge?

— Minha tia pediu para eu convidar meus amigos para a festa.

— Que amigos? — Perguntou Jorge?

— Aqueles que fazem o curso comigo.

Jorge não gostou e parou, pensativo. Temia que Pierre estivesse entre esses amigos. Por outro lado, ele não queria demonstrar ciúmes, então não falou nada.

Passaram-se os dias e, finalmente, o dia da festa chegou. Os convidados foram chegando um a um. Jorge estava muito ansioso para ver Charlot, pois não mais a veria como uma amiga e, sim, como uma namorada.

— Tia, todo mundo já chegou?

— Todo mundo quem?

— Caso todo mundo seja Jorge, sim. Caso seja seus amigos, ainda não. Você está linda, querida.

— Obrigada, tia. Vou descer.

Charlot estava incrível com um vestido longo preto que definia bem a sua cintura. Seus cabelos ruivos, longos e encaracolados contrastava com o vestido. Enquanto ela descia as escadas, todos mantiveram os olhares atentos em Charlot e comentaram o quanto ela estava bonita. Jorge se sentiu um homem de muita sorte.

— Oi! Você está linda!

— Obrigada, Jorge. Você também está lindo.

— Você aceita dançar comigo?

— Sim.

Jorge pegou Charlot pela mão e a conduziu ao salão de dança. Pelo visto, a noite prometia muitas aventuras. Enquanto Charlot dançava com Jorge, alguém chegou de fininho e cutucou as costas de Charlot.

— E aí, moça bonita. Como vai?

— Dominique! Que bom que você veio! Estou muito feliz em te ver.

— Acabei de chegar — falou ele, um pouco sem graça devido à expressão de Jorge.

— E as meninas? Liliane e Sofia?

— Elas já estão chegando.

Charlot não perguntou de Pierre, pois Jorge estava olhando para ela e parecia estar com muito ciúme.

— Olha quem está chegando! — Disse Dominique, apontando para a porta.

— Liliane e Sofia! Que bom que vocês vieram!

Sofia puxou Charlot pela mão como se quisesse alertá-la de algo, mas não deu tempo. Charlot ficou pálida ao ver Pierre e Júlia chegando de mãos dadas na festa. E os dois foram em direção a Charlot, parabenizando-a.

— Parabéns pela sua escolha — Pierre falou para Charlot com ar de ironia, segurando nas mãos de Julia.

Sofia percebeu que a mão da amiga estava trêmula, e para tentar amenizar a situação comentou:

— Parece que temos dois parabéns, não é Pierre?

— Sim. Eu pedi a Júlia em namoro.

Charlot encarou Júlia, mas resolveu ficar quieta, pois não tinha o direito de exigir nada. Já Júlia desviou o olhar e manteve a cabeça baixa, parecia estar envergonhada com aquela situação.

Enquanto isso, Dominique olhava para Júlia. Ele parecia nutrir um sentimento por ela e não achava justo Pierre usá-la dessa forma. Era evidente que a intenção de Pierre era deixar Charlot com ciúmes.

10

A PIOR MENTIRA É AQUELA QUE CONTAMOS PARA NÓS

— Parabéns, Júlia! — Disse Charlot, com uma voz rouca e engasgada.

Observando a confusão que estava ficando a festa, Emma arrependeu-se de ter pedido para Charlot convidar Pierre. Ela chamou a atenção de Lohan para o que ela estava observando.

— Amor, parece que Charlot está estranha, não está?

— A escolha foi dela, Emma, por esse motivo não devemos nos meter.

— Eu não entendo a Charlot. Até o Pierre chegar ela parecia feliz, mas agora parece incomodada.

— Não se meta, mulher. Deixe-a viver com suas próprias escolhas.

— Mas amor...foi por esse motivo que eu pedi para que ela convidasse Pierre, para que ela entendesse o peso de uma decisão. Na minha opinião ela é louca pelo Pierre e não pelo Jorge. Se não fosse isso, por que a presença do moço com Júlia afetou tanto a minha sobrinha?

— Mulher, não se meta mais nisso.

— Tudo bem, Lohan. Depois não diga que eu não avisei...

Jorge percebeu que Charlot ficou abalada ao ver Pierre com Júlia e logo a puxou para si pela mão e a beijou. Emma se aproximou do casal e lhes ofereceu um copo de champanhe para descontrair.

Morto de ciúmes, Pierre também beijou Júlia, que começou a se sentir incomodada com a situação. Aliás, tanto para Jorge como para Júlia havia certo incômodo.

— Charlot, posso te perguntar uma coisa?

— Sim, Jorge.

— Você está certa da sua escolha?

— E porque essa pergunta agora? — Perguntou Charlot, tentando disfarçar seus sentimentos confusos.

— Eu vou deixar claro uma coisa para você. Não quero que fique comigo por pena. Nós merecemos mais do que isso. Tudo bem?

— Claro, Jorge. E eu já fiz minha escolha. Não se preocupe mais, por favor.

Charlot sentiu firmeza na voz de Jorge e decidiu que já havia feito a sua escolha, que não voltaria atrás, e não tinha o direito de ter ciúmes de Pierre. E pensou em como a vida às vezes pode ser estranha e mudar tão rápido. Na última festa de sua tia ela estava nos braços de Pierre e, agora, estava com Jorge.

Pierre não tinha o costume de beber, mas nessa noite ele se embebedou e não parava de encarar Charlot, enquanto ela disfarçava. Bêbado, não se importava com Jorge e com Júlia, que começou a se sentir constrangida com a situação. Vendo isso, Dominique a pegou pelos braços e a chamou para dançar um pouco.

— Júlia, me desculpe pelo meu irmão. Hoje ele parece estar fora de controle.

— Tudo bem, Dominique. Eu já imaginava que iria ser assim. Aliás, ele nunca negou que é louco pela Charlot.

— Sério, Júlia, essa situação está bem para você?

— E o que você quer que eu faça, Dominique? Eu gosto do seu irmão.

— Primeiro goste de você, garota.

Júlia começou a se sentir envergonhada ainda mais com a toda a situação.

— Eu preciso ir. Seu irmão não parece bem. Eu acho que ele bebeu demais.

— Para de ser babá do meu irmão. Você merece mais do que isso.

— Eu tenho que ir. Mas obrigada por se importar comigo.

— Sim, eu me importo. E ao contrário do meu irmão, eu gosto de você de verdade desde o dia em que te vi.

Júlia não esperava essa declaração de Dominique e ficou muito surpresa.

Emma, preocupada com Pierre, logo sugeriu que ele fosse para o quarto de hóspedes. Pediu para Júlia ajudá-lo e não o deixasse sair do quarto, pois tinha medo de ele fazer um escândalo.

Um lado de Júlia estava feliz por estar com Pierre, mas ela já estava começando a entender que a briga não seria fácil e que o amor de Pierre por Charlot parecia ser forte. Já Dominique começou a ficar incomodado com a atitude de Pierre, pois gostou de Júlia na primeira vez em que a notou, mas como sabia que ela gostava de Pierre, não quis falar nada nem se intrometer nos seus sentimentos.

— Pierre, apoie-se em mim. Vamos para o quarto.

— Eu estou bem, Júlia. Me deixe em paz.

— Fale direito com a moça, irmão. Ela só quer te ajudar. Vem comigo.

Dominique segurou em Pierre e o conduziu ao quarto de hóspedes. Enquanto Júlia e Dominique levavam Pierre para o quarto, Dominique encarava Júlia como se dissesse: "É isso que você quer para sua vida?".

— Irmão, eu preciso falar a sós com você.

Júlia se retirou do quarto, pensando sobre tudo o que estava acontecendo.

— Fala, garoto. O que manda? — Disse Pierre bêbado, quase não conseguindo falar.

— É o seguinte: eu estou a fim da Júlia e está na cara que você só a está usando. Hoje ficou visível isso. Pois você não tirava os olhos de Charlot. Então vou lutar por ela se você realmente não a quiser.

Pierre riu e disse:

— Quer saber? É verdade que eu gosto da Charlot, mas a Júlia veio até mim me implorando uma oportunidade. O que eu tenho a perder? Eu sempre deixei claro para a Júlia que eu amo a Charlot.

— Vai lá e se declare para a Júlia. Se ela te quiser eu não vou me opor, ela é toda sua.

Dominique não reconhecia seu irmão, ele estava totalmente fora de si.

— Está certo, cara. Descansa. Eu vou nessa. E lembre-se que foi você quem me deu carta branca.

Júlia tinha ido para a cozinha chorando por conta da situação. Dominique foi atrás dela.

— Júlia, vem comigo!

— Por que, Dominique?

— Você quer continuar aqui e passar mais humilhações?

Júlia enxugou as lágrimas, pegou a bolsa e entrou no carro de Dominique. Estava cansada de ser humilhada e questionava-se se tudo aquilo valia a pena.

Ao final, a noite foi totalmente confusa, tudo parecia errado e fora do lugar. Pierre, Dominique, Júlia, Jorge e Charlot estavam enrolados em uma teia construída por atitudes inconsequentes, que estavam começando a gerar sofrimentos para alguns.

Charlot foi se deitar mais cedo, dizendo que estava com dor de cabeça. Jorge foi para o hotel nervoso com Pierre e Júlia passou a noite na casa de Dominique, ambos chateados com a atitude de Pierre. E Pierre estava no quarto ao lado de Charlot, mas estava tão bêbado que mal sabia onde estava.

Jorge estava começando a sentir um incontrolável ciúme de Pierre. Emma sabia que essa história havia começado errado e ela torcia para que, ao menos, terminasse certo. Ela tinha certeza de que nessa noite os sentimentos de sua sobrinha haviam sido confrontados, e mesmo que o resultado não fosse o que Emma esperava, agora Charlot teria a oportunidade de refletir mais um pouco.

Os dias foram passando na velha cidade de Colmar, e a verdade é que tudo parecia estranho, rostos que eram para estar felizes pareciam confusos. Emma já não sabia mais como essa história terminaria, e ela se sentia culpada por toda aquela bagunça. Chateada, estava até começando a se cansar de festas. Naquele momento, ela só queria um final feliz para toda aquela confusão.

Emma não era contra Charlot namorar Jorge, mas ela queria ter a certeza de que Charlot ficaria bem com a escolha dela. Ela era a responsável por Charlot, pois prometera para Lúcia que cuidaria da filha dela como se fosse sua.

— Lohan, posso falar com você?!

— Claro, amor. Pode falar.

— Você me acha muito frívola?

Lohan deu uma tossezinha e, dando risada, respondeu:

— Sim, mas só um pouquinho.

Emma deu um sorrisinho sem graça.

— Mas por que a pergunta, amor?

— Talvez Charlot não tenha aprendido nada de bom comigo desde que chegou aqui... ela parece indiferente a tudo, inclusive aos seus próprios sentimentos. E estou cansada das minhas festas. Nossa... parece tudo tão banal!

Lohan sentiu certo alívio ao escutar isso, pois no fundo achava que ela exagerava em tudo.

— Escute, Emma... o Jorge é de boa família, não se preocupe. O máximo que pode acontecer é ela aprender com suas próprias escolhas, coisa que somente ela pode fazer, entendeu? Só ela.

O tempo foi passando e Charlot e Pierre se evitavam ao máximo, mas algumas vezes era inevitável. Uma vez, na cantina da escola, eles se esbarraram sem querer. Charlot pediu desculpas e já ia saindo, sem olhar nos olhos de Pierre, que não se aguentou.

— Você pode ao menos olhar para mim? Ou está arrependida demais pela sua decisão?!

— Me desculpe, estou com pressa. E você? Está feliz com a sua?

— Sim, pelo menos a Júlia sabe o que quer.

Essas palavras foram como um tapa na cara de Charlot. Ela ficou vermelha, gaguejou um pouco, mas conseguiu falar:

— Ótimo! Que bom para você.

Sofia chegou com Liliane no momento da discussão e se intrometeram, com comentários irônicos.

— Essa briga está parecendo briga de casal. Pelo menos vocês estão se falando —disse Sofia.

— Mas não dá para serem mais amigáveis — completou Liliane.

— Como ser amigável com uma pessoa que mal me olha nos olhos? — Perguntou Pierre.

—Quer saber? Estou de saco cheio de vocês dois. Vem, Liliane.

— Espere, Sofia! Não me deixe aqui — falou Charlot.

— Eu não mordo, Charlot. Quem morde é a Júlia — disse Pierre ironicamente, para provocar Charlot.

— Ótimo! Faça bom proveito!

E Charlot saiu bufando de raiva, o que deu uma enorme satisfação em Pierre.

Nesse dia, Júlia foi ao encontro de Pierre. Ela precisava conversar para saber se tudo estava bem. Ela estava desesperada, pois sentia que tinha ido longe demais para voltar atrás. Já perdera a amizade de sua melhor amiga e temia perder Pierre para ela. Não queria abrir mão desse sentimento, mesmo que custasse a ela dor e sofrimento.

— Tudo bem, amor? Como foi o seu dia? — Perguntou Júlia, querendo atenção.

Como ele não respondeu, ela perguntou:

— Pierre, tudo bem entre nós?

Ele continuou quieto.

— Pierre, está me escutando?

Mas Pierre não estava prestando atenção ao que Júlia lhe falava. Absorto em seus, pensamentos, ele estava começando a ficar arrependido e achando que tinha ido longe demais, mas não sabia como sair dessa confusão.

Pierre sentia-se agoniado e não parava de pensar nas palavras de Dominique. Será que ele realmente gostava de Júlia? A moça merecia ser feliz, não era justo usá-la. Só que Júlia sabia que ele gostava de Charlot e não se importava, o que também começou a incomodar Pierre, que passou a se questionar se a moça tinha um mínimo de amor próprio.

— Pierre, às vezes parece que você não está me ouvindo.

— Para um pouquinho, Júlia. Vamos conversar. Quero falar sério com você.

Finalmente, o rapaz pareceu tomar uma decisão.

Júlia teve a intuição de que Pierre terminaria tudo e quis mudar de assunto...suas mãos começaram a suar e a ficar frias. Porém, Pierre lembrou-se de Charlot e sentiu raiva e acabou mudando de ideia. Embora ele mesmo não estivesse se reconhecendo, o sentimento por Charlot ainda estava muito vivo e estar com Júlia era uma excelente forma de magoá-la.

Júlia não entendia porque aceitava aquela situação. Desde pequena ela sempre foi muito decidida e nunca aceitava o segundo lugar, mas naquele momento se sentia muito vulnerável e tinha esperança de que tudo mudasse. Quem sabe Pierre pensasse nos bons momentos que passavam juntos e, então, se apaixonasse por ela.

Júlia sentiu alívio ao perceber que Pierre havia mudado de ideia, pois não tocou no assunto. Assim ela teria mais chances de fazê-lo se apaixonar por ela – somente por ela.

II

COISAS DO CORAÇÃO

Jorge não sentia mais emoção nos beijos de Charlot, mas sentia um frio na barriga ao pensar em conversar com ela.

Charlot estava sentada de frente para a lareira, pensativa, passando as mãos no longo cabelo, falando sozinha. Jorge abraçou-a por trás e disse baixinho:

— Está na hora de termos uma conversa, mocinha.

Charlot olhou assustada para ele. Estava evitando essa conversa, mas sabia que precisava encarar os fatos: ela amava Pierre e estava iludindo seu melhor amigo.

— Jorge, eu preciso mesmo falar com você.

— Você sabe que é a coisa mais importante da minha vida. Eu sou muito feliz ao seu lado, mas por que estou sentindo que não está feliz, Charlot? Sabe, minha doce e insegura Charlot, quando você veio para Colmar para procurar respostas e acalmar as suas tais inquietações, você trouxe uma parte de mim, mas agora, aqui, diante de você, o que mais me importa não são mais os meus sentimentos, mas os seus, e sinto que seu coração está longe de mim! Eu preciso saber. Você me ama?

Charlot começou a gaguejar e a chorar, sentindo uma terrível culpa por tudo que estava acontecendo.

— Eu sinto muito, Jorge, mas não te amo. Eu não consigo mais negar os meus sentimentos. Eu amo o Pierre. Eu achava que era só falta dos nossos momentos, mas já não consigo mais suportar a minha dor — respondeu Charlot, chorando.

As palavras de Charlot machucaram Jorge, que pediu que ela parasse de falar. Então ele a puxou pela mão e lhe deu um beijo apaixonado, ao qual Charlot correspondeu, pois sabia que era o último.

— Acho que essa é a minha hora de saber o meu lugar. E não é no seu coração, Charlot.

— Eu juro que se não tivesse percebido que amo Pierre eu te daria uma chance, mas não podemos conviver com isso, não é?

— Não, não podemos — respondeu Jorge, lacrimejando. — Mas eu não vou mais atrapalhar a sua vida, Charlot. Vou abrir caminho para que você seja feliz. Em algumas semanas voltarei para o Brasil. Mas se precisar de um amigo um dia, não deixe de me procurar. Estarei sempre lá para você.

Mesmo amando muito Charlot, Jorge nunca colocou seus sentimentos acima dos dela. O amor de Jorge era legítimo e racional, não era baseado só em emoções. Tudo o que ele queria era ela, mas era de vital importância para ele que seu sentimento fosse correspondido.

Emma entrou na sala nesse momento, angustiada, interrompendo a conversa de Charlot e Jorge.

— Charlot, acabei de receber uma ligação de seus pais. Eles querem que você volte para o Brasil, pois estão com saudades.

O coração de Charlot quase parou ao receber essa notícia. Logo agora que ela estava começando a entender seus sentimentos queriam que ela fosse embora? Então ele teve coragem e falou à Emma.

— Tia, quando eles me mandaram para cá eles queriam que eu me encontrasse. E quando finalmente isso acontece, eles ligam e me pedem para eu voltar porque estão com saudades? Os dois mal tinham tempo para mim, estavam sempre ocupados. Eu só não me sentia totalmente sozinha porque tinha a minha babá, que estava sempre comigo. Eu não quero parecer ingrata, tia. Eu amo os meus pais, mas eu sinto que Colmar é o meu lugar, entende?

— Querida, eu não tive filhos e você é como se fosse a minha própria filha. A minha casa sempre vai estar aberta para você

Jorge olhou para Charlot e pensou que era a vida dando mais uma ajudinha a ele, e disse:

— Não se preocupe. Vamos juntos para o Brasil, e depois que você ver e conversar com seus pais eu te acompanho de volta a Colmar. Eu prometo.

— Obrigada, Jorge. Você é um grande amigo.

Toda vez que Charlot pronunciava a palavra "amigo", era como uma facada no peito de Jorge.

Emma puxa Charlot em um canto e fala baixinho em seu ouvido:

— Eu acho que antes de você ir para o Brasil você precisa consertar algo.

— Sim, tia. Eu já estava pensando nisso.

Imaginando o que elas conversavam, Jorge adianta-se e diz:

— Como eu já sei o que você precisa fazer, vem comigo, Charlot. Eu deixo você no café e vou para o hotel para arrumar as minhas coisas

— Obrigada, Jorge — disse Charlot, admirando o seu amigo.

Não era fácil para Jorge saber que Charlot correria para os braços de outro homem, mas ele a amava e queria que ela fosse feliz mesmo que não fosse ao seu lado.

— Tia, acho que o Pierre está lá no café. As meninas falaram que ele vai todos os dias lá a esta hora da tarde e fica mais ou menos uma hora. Eu vou arriscar. Mas me sinto mal por você, meu amigo.

— Charlot, como eu mesmo disse, o que importa é a sua felicidade, mesmo que não seja ao meu lado — Jorge respondeu, transmitindo tranquilidade, mas seu coração sangrava com cada palavra.

— Jorge, me perdoa. A mulher que tiver a sorte de ter você será muito feliz. Eu tenho certeza disso. Eu queria ser essa mulher, mas o meu coração é de outro homem. O dia que você chegou, eu estava com tanta saudade da sua amizade, que acho que me confundi. Depois, todos me pressionaram para escolher um dos dois e achei que era você. Na verdade, tudo indicava você, mas eu confundi gratidão com amor verdadeiro. Perdoe-me, por favor.

— Charlot, enquanto eu tive você em meus braços eu fui o homem mais feliz do mundo e valeu a pena. Se eu soubesse que vindo para Colmar eu te teria mesmo que por um instante, eu teria vindo antes. Sabe por quê? Porque eu te amo e vou te amar para sempre. E justamente porque te amo é que eu quero que você seja feliz, mesmo longe de mim, pois o verdadeiro amor não é egoísta.

— Nossa, Jorge! Se eu não fosse casada com Lohan eu me casava com você!

Os três riram com o comentário de Emma, mas era nítido que as palavras de Jorge vieram do coração, e que naquele momento seu coração estava sangrando.

— Vamos, eu te levo ao café.

— Obrigada, Jorge. Poucos homens fariam isso. Hoje eu percebo o quanto eu sou abençoada por ter a sua amizade.

Charlot foi para o café, mas não encontrou Pierre, então resolveu conversar com suas amigas Liliane e Sofia.

— Charlot! Que bom te ver.

— Tudo bom, meninas? Eu posso entrar?

— Claro! A casa é sua! Entra! — Disse Sofia, já puxando Charlot pelas mãos.

— Meninas, vocês sabem do Pierre?

— Sim e não. O que sabemos é que ele não está indo mais no curso e parece que ele e Dominique estão brigados.

— Sério? Mas eles sempre foram tão unidos! — Comentou Charlot, intrigada.

— A verdade é que eles estão brigados por causa da Júlia. O Dominique gosta da Júlia — disse Liliane.

Charlot ficou espantada com a revelação, mas gostou de saber que Júlia tinha alguém interessado nela.

— E ela está com quem, afinal? — Perguntou Charlot, curiosa. E completou:

— É errado o comportamento da Júlia. Ela namora o Pierre, mas dá esperanças ao Dominique.

Charlot estava tão apreensiva com tudo que até se esqueceu de contar para as meninas que ia para o Brasil. E continuou a falar, indignada, até que Sofia a interrompeu:

— O clima na casa deles está pesado. Eu ouvi falar, por fonte segura, que ele está querendo terminar com a Júlia e reatar a amizade com o irmão.

— Sério, desculpa perguntar, Sofia, mas quem seria a fonte segura? — Perguntou Charlot.

Liliane olhou para Sofia, como se dissesse "Vamos falar logo para ela".

— Seria ele mesmo, Charlot. Ele veio aqui esses dias. Ele estava muito chateado e desabafou com a gente. Aliás, nós já éramos amigos, lembra?

Charlot ficou muito feliz com a notícia, mas não podia ir para o Brasil até se entender com Pierre. Como não tinha falado nada, resolveu manter isso em segredo.

— Muito obrigada, meninas. E só para vocês saberem, eu estou livre. Terminei com o Jorge. E vocês já sabem quem eu amo, não é? Eu amo o Pierre.

— Eu sabia! Eu sabia! Estava na cara! — Exclamou Sofia.

— É verdade, Charlot. Era nítido que você amava o Pierre. Na frente dele você congela — completou Liliane, rindo e descontraindo o ambiente.

— E agora? O que você pretende fazer? — Perguntou Sofia.

— Eu pretendo rever meus erros e torcer para que ainda dê tempo. Eu preciso ir, meninas. Vou para a casa e depois vou tentar encontrá-lo para conversarmos.

Charlot deu um abraço de despedida em suas amigas e retornou para a sua casa um pouco mais aliviada e com alguma esperança em seu peito.

12

ENCARANDO NOSSOS ERROS

A amizade que havia entre os dois irmãos estava abalada. Dominique e Pierre não se falavam há algum tempo e Pierre não estava orgulhoso com essa situação.

Em uma fria manhã de domingo, Pierre tomou uma decisão: procuraria Júlia e daria um fim àquela história, que nunca deveria ter começado. Mas antes sentia que precisava resolver as coisas com seu irmão.

— Dominique, você teria um tempinho? Preciso falar com você.

— Eu estou ocupado, Pierre, mas se é tão importante pode falar.

— Eu estou arrependido e você estava certo sobre a Júlia. Ela merece alguém que queira de verdade estar com ela, e essa pessoa não sou eu. Vou procurá-la e terminar o namoro. Estamos juntos há algumas semanas e parece uma eternidade, não consigo mais.

— Finalmente, irmão, você entendeu que só está usando a Júlia.

— A verdade, Dominique, é que eu amo a Charlot e ninguém mais, e não sei se posso amar outra pessoa. E você, o que sente pela Júlia, Dominique?

— Eu gosto mesmo dela, mas quando a vejo eu sinto que ela está muito apegada a você, entende?

— Você vai ter a sua chance, irmão. Hoje mesmo vou falar com ela.

— E quanto a Charlot, Pierre?

— Ela fez a escolha dela, escolheu o Jorge, então, depois do curso eu vou voltar para a Inglaterra.

Pierre não sabia que Charlot havia terminado o relacionamento com Jorge e que o estava procurando para declarar o seu amor por ele.

— Eu vou sentir sua falta — disse Dominique, abraçando Pierre. — Ah! Parece que o vô quer falar com você. Ele parecia angustiado pela manhã.

Essa notícia deixou Pierre preocupado, pois seus avós já eram de idade. Então ele foi rapidamente ao encontro do avô.

— Oi, vô. Tudo bem? — Disse Pierre, em tom carinhoso.

O senhor Nathan e a senhora Amelie nasceram em Colmar. Eles eram pais de Lucy, mãe dos irmãos, e muito apegados aos netos, assim eles também sofriam com a angústia de Pierre e Dominique.

— Escuta, meu neto, eu evitei ter essa conversa, mas sinto que preciso falar. Sabe, eu sempre amei muito a sua avó, Amelie, mas ela não me queria, pois havia outro rapaz na vida dela. Ele se chamava Bernard. Ela era louca por ele, então eu resolvi ficar na minha e viver a minha vida. Eu já havia me declarado para ela, mas de nada adiantou, até que, em uma certa tarde, ela apareceu no meu portão me convidando para tomar um sorvete, e estamos casados há mais de 50 anos, e muito felizes. O que eu quero dizer para você é: não iluda a moça, a tal de Júlia. Ela merece estar com alguém que a ame. E quanto a Charlot, se ela não aparecer para te convidar para tomar um sorvete, convide você a moça, se é que me entende. E se mesmo assim não for possível, Deus colocará outra em seu caminho. Tenha fé.

— Vô, eu estava falando nesse exato momento com o Dominique que vou terminar com Júlia.

Nathan sentiu orgulho de Pierre, pois sabia que ele estava tomando a decisão certa.

— Muito bem, meu neto. Eu sabia que você era um rapaz de caráter. Tudo o que eu quero é ver você e Dominique felizes. E quanto à moça que você ama, se vocês tiverem que ficar juntos, não se preocupe, o tempo a trará de volta, assim como a sua avó Amelie veio para mim.

— Claro, vô. Obrigado por se preocupar. Você e a avó são ótimos! Bom, se me dá licença, tenho algo importante para fazer. Vai ser difícil para a Júlia. Na verdade, eu me preocupo com ela.

— A moça vai ficar triste, meu filho, mas ela vai superar! Não existe felicidade somente para um. A felicidade, Pierre, é um convite para dois.

— Sim, vô. E o senhor é muito sábio.

Pierre e Nathan se abraçam forte e Pierre sentiu ainda mais que deveria fazer a coisa certa.

Júlia estava no portão de sua casa quando viu Pierre vindo ao longe. Seu coração quase saltou do peito e começou a gritar para a mãe dela:

— Corre, mãe! Olha quem está vindo! Eu não te falei que ele ia pedir a minha mão mais cedo ou mais tarde?

A senhora Marcela sempre sonhou em ver a filha casada com um bom rapaz, e ela via em Pierre um bom casamento, principalmente pela parte financeira, pois havia muitos cochichos de que o garoto era muito bem de vida e que seus pais haviam construído um bom patrimônio na Inglaterra.

— Oi, Júlia. Tudo bem? — Falou Pierre, impaciente para acabar logo com tudo.

— Claro, amor. Entra. Minha mãe quer te conhecer.

Nessa hora, a dona Marcela chegou, ainda limpando as mãos em seu avental branco e arrumando o cabelo, que estava meio bagunçado.

— Tudo bom, Pierre? Eu ouvi falar muito de você pela minha doce Júlia.

— Tudo bom, senhora... — Ele engasgou o nome da mãe de Júlia e a senhora, completamente sem graça, completou:

— Me chamo Marcela.

Porém o pensamento de Marcela foi inevitável: "Que tipo de genro é esse que não sabe o nome da sua futura sogra?". Mas ela logo sorriu, fingindo que nada havia acontecido.

— Vamos entrar. Acabei de fazer um bolo.

Pierre ficou sem graça de negar, mas a sensação que tinha era de que estava enrolado em um novelo de lã do qual não conseguia sair. Ele sabia que precisava de um pretexto para dona Marcela sair de perto da filha, então disse baixinho para Júlia que queria ficar a sós com ela. Toda arrepiada, sem saber o teor da conversa, disse a sua mãe:

— Mãe, se não se importa, o Pierre quer falar algo importante para mim. Depois eu falo para a senhora.

A dona Marcela rapidamente deu uma desculpa para sair da sala, já que tinha esperanças de que Pierre estivesse apaixonado por Júlia. Ela sabia que sua filha era bonita e não era de se jogar fora. Então disse:

— Júlia, acabei de me lembrar que preciso ir na casa da nossa vizinha para levar um pedaço de bolo. Já volto.

— Finalmente a sós, né, amor? Vem aqui e me beija.

Pierre tirou os braços de Júlia do seu peito e sem perder mais tempo, começou a falar o que finalmente desejava.

— Júlia eu vim aqui para terminar com você. Você merece um cara legal. Dominique está afim de você. Por que não dá uma chance para ele?

— O quê? Como assim?

Júlia começou a tremer e a gaguejar, não conseguia ouvir mais nada além de "terminar com você". Ela sabia que precisava pensar rápido e disse a Pierre:

— Você não pode terminar comigo porque eu estou grávida.

Pierre ficou em choque com a revelação de Júlia, ele não esperava por isso. "Será?", ele pensou. E agora?

Antes disso, ele pretendia voltar para a Inglaterra ou ir atrás de Charlot mais uma vez e dizer que havia feito a coisa certa, que tinha terminado com Júlia, mas agora precisaria rever tudo o que tinha decidido fazer.

— Fala alguma coisa, Pierre. Você está me deixando nervosa.

— Júlia, como isso foi acontecer? Só transamos uma única vez e você falou que estava tomando anticoncepcional.

— Me desculpe. Achei que tinha tomado, mas acho que me confundi.

— E quando você pretendia me contar?

— Eu não sei. Assim que a gente se encontrasse.

Apavorado, Pierre só pensava em ir embora. E não conseguia esconder a expressão de descontentamento, pois a única opção que vinha em sua mente era assumir a criança e a sua mãe. Lembrou-se de como seus pais ensinaram a ele e ao irmão a serem homens de valores. Só que isso lhe causava grande inquietação, pois ia contra seus sentimentos.

— Muito bem. — Disse Pierre. — Nós vamos nos casar e eu vou assumir o meu filho e a você.

Júlia não se aguentou de tanta felicidade ao ouvir isso. Sua mãe apareceu na porta e, sem dar tempo a Pierre dizer nada, ela perguntou diretamente para filha:

— Que felicidade toda é essa, Juliette? — Juliette era um apelido carinhoso que a mãe usava com a filha.

E antes que Júlia pudesse contar à mãe, Pierre sentiu que precisava ir embora, pois começou a passar mal, suando muito frio.

— Preciso ir, Júlia. Depois a gente conversa.

Quando Pierre saiu, dona Marcela perguntou agoniada para Júlia o que tinha acontecido?

— Eu não sei, mãe. Ele veio me pedir em casamento. Só isso.

— Júlia, o que foi que você disse para o rapaz que o deixou tão perturbado?

— Nada demais, mãe. Ele me ama. Só isso.

— Júlia, eu não vou perguntar de novo. Eu te conheço, minha filha. Quando você quer uma coisa você perde os limites.

— Eu disse a verdade mãe, que estou grávida.

Dona Marcela quase caiu para trás com a revelação da filha. Ela sentiu uma leve tontura e desconfiou de que Júlia estivesse mentindo.

— Júlia, escuta, minha filha. O sonho de toda mãe é ver a sua filha bem casada, mas de preferência com um rapaz que a ama. Eu já vi tudo — disse Marcela, nervosa com Júlia. — Esse rapaz queria era terminar com você minha, filha. Você jura que vai dar o golpe da barriga?

— Para, mãe, por favor. A senhora está me constrangendo!

— Filha, quando eu engravidei de você tudo o que eu queria era que seu pai te assumisse, mas o canalha sumiu, isso sim. Por esse motivo, Júlia, se você estiver mentindo, eu, como sua mãe, serei a primeira a ir na casa desse moço e falar a verdade.

Júlia nunca tinha visto sua mãe desse jeito, mas Júlia estava com Pierre em suas mãos, não abriria mão do rapaz tão facilmente. Então ela disse uma única coisa para sua mãe:

— Sim, estou mesmo grávida.

E foi para seu quarto, batendo a porta, deixando uma grande inquietação e um grande suspense no ar.

13

Tarde demais para arrependimentos

Atordoado, Pierre dirige até a sua casa sem pensar em nada. A única coisa que vinha em sua mente eram as palavras de Júlia dizendo que estava grávida. Chegando em casa, Dominique vai ansioso ao seu encontro, mas a única resposta que escuta de seu irmão é: "Agora não". Mas Dominique insiste:

— Por que está tão nervoso, afinal?

Pierre estava tão angustiado, em seu próprio mundo, que não escutou Dominique, que, nervoso, insistiu:

— Mas o que está acontecendo afinal, Pierre?

— Ela está grávida!

— O que você disse? — Perguntou Dominique inquieto.

— Isso mesmo que você ouviu!

Os irmãos deram-se um minuto de silêncio, até que Pierre disse:

— Eu vou me casar com ela.

— Como assim grávida? Desde quando e como aconteceu?

Dominique estava atordoado, não ouvia mais nada além da palavra "grávida".

— Você escutou o que eu falei, Dominique? Eu vou me casar com ela. Mas é estranho, porque eu só dormi com a Júlia uma vez, e eu a vi tomar o anticoncepcional naquele dia. Mas ela jura que não tomou — pensou Pierre em voz alta. — Nós fizemos uma vez só na casa dela, mas eu me arrependi e nunca mais toquei nela. Eu estava bêbado, então não me lembro de ter me prevenido, mas eu tenho certeza de que ela havia tomado o anticoncepcional.

— Olha, irmão, sabendo dos seus sentimentos por Charlot eu não sei se te dou os parabéns ou se sinto muito!

— Agora nada mais importa, Dominique. Eu vou assumir os dois.

Nisso, o avô de Dominique e Pierre bate na porta, pois deseja saber o que tinha acontecido.

— Oi! Posso entrar?

— Entra, vô!

— Meu neto, você falou com a moça?

— Tarde demais. Ela está grávida. Mas não se preocupe, vô. Eu vou me casar com ela.

Nathan ficou quieto por alguns segundos e antes que Pierre quebrasse o silêncio, ele falou sabiamente:

— Filho, escuta as palavras de seu avô. Seja qual for a sua decisão, a única coisa de que você não deve fugir é da sua responsabilidade como pai.

— Obrigado, vô. O senhor é um grande homem! Eu preciso dar uma volta.

— Pierre, você quer que eu vá com você para conversarmos? — Perguntou Dominique.

— Obrigado, Dominique, mas eu preciso pensar um pouco.

Pierre foi ao café em que ele e Charlot iam para namorar. Ele passou a tarde inteira sentado, em silêncio e pensativo, até que alguém tocou em suas costas. Quando ele olhou para trás, suas mãos gelaram e sua face empalideceu.

— Charlot?

— Eu posso falar com você, Pierre?

— Charlot? O que faz aqui?

— Já tem algum tempo que eu venho aqui. Sabe, eu sei que pode até ser tarde, mas eu sinto a sua falta de verdade. Eu não sabia disso até te perder. E desde que comecei a sentir a sua falta eu venho aqui, pois foi aqui o nosso primeiro beijo. É tarde demais?

— Pare, Charlot. Chega com essa conversa. E é, sim, tarde demais. E só para saber, o Jorge sabe que você está aqui?

— Eu terminei com ele, caso contrário não viria aqui te procurar. Mas tudo bem, você está no seu direito em não me aceitar de volta. Eu sei que eu errei em beijar o Jorge. E que quando eu o vi na casa da minha tia, eu senti muito carinho e acabei confundindo isso com desejo e amor. Pierre, eu sei que não é desculpa, mas você foi o meu primeiro namorado e eu nunca tinha ficado com ninguém antes de você. Aliás, eu não disse nada, mas você foi, inclusive, o meu primeiro beijo.

Então Charlot deu uma pausa, e depois continuou:

— Antes de vir para Colmar eu sentia muitas inquietações em meu coração, tinha muitas dúvidas, sentimentos que não conhecia, e me sentia perturbada por não saber lidar com isso, mas Pierre, quando você entrou na minha vida eu finalmente tive paz, sabe? Paz, Pierre. E quando deixei você partir, minhas inquietações voltaram. Jorge percebeu isso e ele mesmo me disse para te procurar, pois viu que eu não estava feliz.

Pierre ficou admirado com as revelações de Charlot, pois a achava tão segura de si que para ele era difícil de acreditar no que Charlot acabara de dizer. Porém isso não mudava o fato de que Júlia estava grávida. E antes que Charlot dissesse mais alguma coisa, era hora de ele revelar a verdade.

— Escuta, Charlot, é tarde demais porque a Júlia está grávida.

Charlot perdeu a voz. Ela tentava falar, mas não conseguia. Sentindo algumas lágrimas caírem de seus olhos, ela saiu andando sem rumo certo. Pierre teve vontade de impedi-la, mas sua perna não se moveu, pois ainda estava abalado com a notícia da gravidez, e também já havia tomado a sua decisão, não voltaria atrás, sentia que tinha um dever moral com Júlia.

Com lágrimas no rosto, Charlot lembrou-se de como Pierre tinha implorado para eles ficarem juntos, mas ela preferiu ignorar seus próprios sentimentos. A verdade é que desde que ela assumiu seu compromisso com Jorge ela sentiu um vazio em seu coração, e descobriu da pior forma possível que era amor, mas por outra pessoa.

14

LÁGRIMAS

Charlot chegou à casa de sua tia chorando inconsolavelmente. Emma logo foi ao encontro da moça, desesperada, pois não sabia o que havia acontecido.

— O que foi, Charlot? O que aconteceu?

— Tia, eu abri o meu coração para ele, disse que sentia muito, mas ele disse que não pode me dar uma chance porque a Júlia está grávida, tia, grávida!

Sem esperar, Emma não encontrava as palavras certas para dizer a sua sobrinha.

— Eu sinto muito, meu amor. Eu nem sei o que dizer. Mas, meu bem, pensa em como deve estar sendo difícil para ele, ainda mais agora que você ia dar uma chance para vocês dois. Além do mais, alguns homens, não todos, felizmente, quando querem esquecer uma moça usam outra, e a Júlia, coitada, foi usada por Pierre.

— Não, tia. A Júlia não tem nada de inocente. Assim que ela descobriu que estava apaixonada pelo Pierre e teve uma oportunidade, apostou todas as fichas. Não, definitivamente, ela não é nenhuma coitada. E outra coisa. Tudo bem ele ter se envolvido com a Júlia. Eu também me envolvi com o Jorge, mas não tive relações com ele. E Pierre, que dizia que me amava, na primeira oportunidade dormiu com a Júlia.

— Olha, Charlot, eu nem sei o que te dizer. Como eu te falei, alguns homens fazem isso. Não é certo, na verdade, é bem errado, porque quando acontece isso os dois acabam se machucando muito, principalmente a outra parte que não tem nada a haver com a confusão emocional.

— Tia, tudo bem, eu vou superar. Não adianta chorar pelo leite derramado. Eu vou voltar para o Brasil com o Jorge e nunca mais voltarei para Colmar. Aliás, nunca deveria ter vindo.

Emma já não sabia mais o que fazer para consolar a sua sobrinha. Nesse momento, Jorge chegou e escutou um pouco da conversa, a parte que Charlot disse que viajaria com ele e não voltaria mais para Colmar. Quando Jorge percebeu que ela estava chorando, sentiu uma leve felicidade egoísta.

— Eu escutei direito? Vamos mesmo juntos para o Brasil? — Perguntou Jorge.

— Eu vou deixar vocês dois conversarem — disse Ema, desolada pela sobrinha.

— Jorge, a Júlia está grávida. — Charlot começou a chorar ao abrir o seu coração para o amigo. — Tudo bem eles terem ficado juntos, eu também estava com você, mas ele a engravidou, ele me traiu! — Charlot tentava achar algum conforto em seu amigo, mas Jorge a escutava agradecendo em seu coração toda essa confusão.

— Não, Charlot, ele não te traiu, mas traiu o sentimento que tinha por você. Quando ficou com Júlia para te esquecer, ele estava traindo a ele mesmo, e eu sinto muito por você, mas agora é tarde demais, não adianta ficar chorando.

— Jorge, você é tão maduro. Por que eu não me apaixono por você? — Charlot exaltou o amigo. — Mas você está certo. Eu vou arrumar as coisas para a nossa partida.

Então Charlot abre um sorriso falso e diz:

— Eu vou para o meu quarto. Estou com muita dor de cabeça. — E enquanto fala, ela passa as mãos no cabelo, o que deixava Jorge encantado, e vai para o seu quarto chorar.

— Eu vou para o hotel para arrumar as minhas coisas também. Até logo.

Jorge saiu pensativo da casa de Emma. O fato de Charlot ter se desapontado com Pierre era uma ótima oportunidade para Jorge, mas ele sentia dó de Júlia. Ele lembrou de quando eles eram crianças e brincavam no quintal da casa de Charlot. Não queria que Júlia sofresse, e ele, como homem, sabia que Pierre só estava usando Júlia desde o início.

Sabendo que Charlot não estava bem, Emma vai até seu quarto para tentar consolá-la.

— Amor, eu posso entrar?

— Oi, tia. Pode sim.

— Você estava chorando?

— Tudo bem, tia. Já passou. Eu estou bem agora. Aliás, a escolha de terminar foi minha, não foi? Então eu tenho que parar de ser boba e aceitar a realidade, que é esta: a minha melhor amiga está grávida do homem que eu amo.

O coração de Emma partiu-se ao ver Charlot se torturar dessa maneira, mas lembrou-se de que muitas vezes tentou falar com ela, mas a sobrinha negou-se a conversar dizendo que tinha tomado a decisão certa.

15

Mentiras. Doces mentiras

Júlia estava tão entusiasmada com a ideia do casamento que não se aguentava de tanta felicidade e não parava de pensar nos detalhes e na grande festa que queria preparar.

— Mãe, temos que arrumar tudo para o meu grande dia. Eu quero tudo perfeito!

— Sim, filha. Não se preocupe, vamos arrumar tudo. Mas antes temos algo mais importante para nos preocupar.

— E o que é mais importante do que o meu casamento espetacular?

— Essa criança que você está esperando, Júlia. O que mais seria? — Marcela se irrita ao ver o descaso de Júlia. — Aliás, temos que ir ao médico ver como está o seu bebê.

— Meu bebê está ótimo, mãe. E para de me gorar. Eu estou grávida, não doente.

— Júlia, minha filha, você não sabe que é normal toda mulher grávida ir ao médico para fazer o pré-natal?

— Claro, mãe, mas agora eu tenho outros assuntos. Eu prometo que logo vou, tá bom?

A mãe de Júlia torcia para que sua filha realmente só estivesse evitando o médico por causa das suas ocupações. Dona Marcela estava inquieta com a filha, ela tinha medo de que Júlia estivesse inventando a gravidez. O que seria da sua filha caso ela estivesse mentindo? Como continuaria a viver em Colmar se isso se espalhasse?

A ideia de fazer um bom casamento sempre agradou Marcela, mas não à base de mentiras. Ela criou Júlia sozinha e não precisou inventar uma gravidez, mas o pai de Júlia as abandou quando soube que ela estava grávida. Como elas tinham uma boa situação financeira e parentes em Colmar, elas foram viver lá, e desde esse dia sempre conservou uma boa reputação. E agora estava com medo da filha estragar tudo com suas mentiras infantis.

— Mãe, hoje o Pierre vem aqui para conversar sobre o nosso casamento. Por favor, vê se não encana com essa ideia de médico. Já tenho muitas coisas para me preocupar agora.

— Júlia, minha filha, você está me assustando. Nem parece que está com um bebê na barriga. Como pode ser tão fria?

— Mãe, eu não sou fria. Mas hoje o Pierre vem aqui para tratar do casamento. Do casamento, entendeu, mãezinha?

Nisso, Júlia escuta o barulho do carro de Pierre e, eufórica, fala:

— Mãe! O Pierre está chegando! Já sabe, hein! Nada daquela conversa de médico. —Entra, Pierre, meu amor. Que bom que você chegou. Eu estava com saudades.

Júlia dá um beijo em Pierre, que fica sem graça de recusar.

— Oi, Pierre. Tudo bom?

— Oi, dona Marcela. Tudo bom. Parece preocupada. Tudo bem com a senhora?

Marcela olha desconfiada para a Júlia, como se tivesse com medo de falar, mas acaba cedendo às suas preocupações maternais.

— Na verdade, não está nada bom, Pierre. A Júlia se recusa a ir ao médico para fazer o pré-natal.

Pierre olha para Júlia com ar de reprovação.

— Como assim se recusa, Júlia? Está doida? É o nosso filho que está aí!

Júlia fica vermelha e olha para a mãe com ar de reprovação, tentando consertar a situação com Pierre.

— Não, amor, não é isso. Minha mãe não explicou direito. É que eu estou sem tempo agora, pois estou pensando na preparação do nosso casamento.

— Nada disso, Júlia! Você precisa marcar um médico! — Falou Pierre, exaltado, pela situação. — Quando eu voltar aqui, eu quero ver o papel da consulta marcada, entendeu, Júlia?! Fui claro?

— Claro, amor. Não precisava ficar agitado — respondeu Júlia, vermelha, olhando para sua mãe.

Pierre voltou para a casa nervoso com o descaso de Júlia para com o seu filho. Ele ficou tão incomodado que acabou não falando dos preparativos do seu casamento. A primeira coisa que fez quando chegou em casa foi desabafar com o seu avô, pois precisava de um conselho

— Oi, vô. O senhor acredita que ela não quer ir no médico fazer o pré-natal? Ela está preocupada só com os preparativos do casamento.

O avô de Pierre ouviu atentamente as queixas de seu neto e sentiu um pouco de malícia e de maldade no comportamento de Júlia, afinal, tinha mais idade e muita experiência de vida. Então resolveu aconselhar o seu neto.

— Escuta, filho. Fazia tempo que você estava tentando terminar com a Júlia e ela não deixava, não é?

— Sim, toda vez que eu tocava no assunto ela desconversava, e eu, por sentir falta de Charlot, não insistia.

— Filho, escuta com atenção. Não estou julgando a moça, mas não tenha relações com ela até ter certeza da gravidez, entendeu?

— O senhor acha que ela pode estar inventando?

— Olha, meu neto, por enquanto eu não acho nada, mas já vi muitas mulheres engravidarem de propósito ou fingirem que estão grávidas para tentar segurar um homem.

Pierre sentiu-se traído ao pensar na possibilidade de Júlia estar mentindo, mas também sentiu conforto ao pensar que se fosse mentira ele estaria livre da promessa de casamento.

— Escuta, filho, não vai chegar na moça e falar que ela está mentindo. Vai com calma e só age quando tiver certeza, porque se ela tiver mesmo grávida, as chateações farão mal para ela e para o bebê.

— Entendo — disse Pierre, preocupado e aliviado com a situação.

Nesse momento, Dominique, ansioso para falar com Pierre, bate na porta.

— Pierre, posso entrar?

— Pode. Entra aí.

— Então, Pierre, todos estão vendo a tristeza no seu rosto aqui em casa. Eu quero falar para você não enxergar essa gravidez como uma punição, me entende? Você é jovem. Se quiser tentar com a Júlia e não der certo, termina. Mas não precisa casar. O casamento deve ser o primeiro e o último passo na vida de um homem, mas com a mulher que ele ama, entende?

— Claro que eu entendo, mano, mas ser pai é um sonho que eu sempre tive. Como vou deixar meu filho sem a minha presença. Eu quero educar meu filho, não quero dividi-lo com mais ninguém, cara. Mesmo que signifique passar por cima dos meus sentimentos.

— Pierre, eu nem tenho palavras com a sua atitude. Se esse é o seu desejo, eu te apoio, irmão.

— Obrigado, Dominique. Eu tive uma escolha no começo e resolvi me aproveitar do sentimento que a Júlia tinha por mim ao invés de sossegar o meu coração e me conformar de que tinha perdido a Charlot. Não posso agora agir como um moleque. Eu preciso ser um homem, como o papai nos ensinou, lembra?

— Claro, mano. Ele sempre nos falou que as mulheres devem ser tratadas com respeito e que se engravidássemos alguma que ela seria a escolhida, mesmo que não fosse por amor, mas por caráter. E ele sempre frisou isso, do caráter, e a mamãe sempre teve orgulho do homem que é nosso pai. Eu me lembro que eu sempre falava para a mamãe que eu ia ser como ele quando crescesse. A gente até brigava para ver quem iria ser mais parecido com ele, lembra?

— Sim. E parece que você ganhou! Sorria — disse Dominique, sem graça, para Pierre.

— Aliás, o pai já sabe? — Perguntou Dominique.

— Eu ia contar para eles, inclusive sobre o casamento, mas estou com algumas suspeitas em relação a Júlia.

— Você acha que ela pode estar mentindo?

— Ela está com um comportamento estranho. Não quer ir fazer o pré-natal e disse que no momento tem outras ocupações.

Dominique ficou preocupado com as suspeitas de Pierre.

— E o que você pretende fazer a respeito, mano?

— Eu não sei. Uma parte de mim está torcendo para ela estar mentindo e a outra fica com raiva só de pensar a sacanagem que seria.

— Pierre, posso te fazer uma pergunta?

— Claro!

— Você já pensou na possibilidade de esse filho não ser seu?

— Não. E como poderia ser de outro? A Júlia só tem a mim. Além do mais, ela sempre foi louca por mim.

— Por que a pergunta, Dominique?

— Foi só uma coisa que passou na minha cabeça, mas com certeza é seu...

16

UM CORAÇÃO MENTIROSO

— Júlia, hoje o Pierre ligou e disse que vem te visitar.

— Eu sabia, mãe. Acho que já deve estar sentindo falta da nossa Julinha!

— Espero que sim, filha. Espero que sim — disse dona Marcela, enxugando as mãos molhadas em um pequeno pano de prato branquinho.

A mãe da Júlia mal podia esperar para que a sua filha se consultasse com o médico, porém havia duas coisas que passavam em sua mente: a primeira, a de Júlia fazer um bom casamento, sendo que ser avó a agradava muito; e a segunda a torturava todos os dias, era o medo de Júlia estar mentindo. Isso, na verdade, deixava-a em pânico. Marcela sentia que não conhecia mais a sua menininha.

— Mãe, o Pierre chegou! Entra, amor!

— Oi, Júlia. Como está o nosso bebê?

— A Julinha está ótima.

Pierre sorriu, gostando da ideia de ser pai de uma menina.

— Bom, o importante é que venha com saúde. Aliás, hoje vamos ao médico.

Júlia estava tomando um suco e sentiu o líquido travar em sua garganta, ficando vermelha e quase sem ar. Pierre correu e bateu em suas costas, tentando desengasgá-la. Marcela entrou na sala, viu a situação e correu em direção à Júlia, preocupada.

— Tudo bem, Júlia?

— Calma, mãe. Eu estou bem. Só engasguei.

— Então, amor, já marquei a consulta. Não precisa ser hoje, às pressas. E ele só pode me atender daqui a um mês.

Pierre encarou-a e disse:

— Júlia, consultas pré-natais não costumam demorar tanto. Onde você marcou, Júlia?

— Em uma clínica aqui perto. Por quê?

Mas antes que Pierre pudesse responder, Júlia falou:

— Nossa, amor... estou com uma terrível dor de cabeça. Se vocês não se importam, vou me deitar um pouquinho.

Ainda inconformado com a resposta de Júlia, Pierre disse:

— Eu vou pesquisar um médico para você, entendeu? Sou eu quem vai marcar a sua consulta, ouviu? Eu vou pagar uma consulta amanhã para você.

— Não precisa, amor. Eu só estou grávida, não doente.

— Chega dessa conversa, Júlia. Você está grávida e precisa de cuidados.

Júlia parecia abatida e sem saída.

— Está bem, Pierre. Iremos amanhã.

O coração de Marcela começou a bater mais aliviado. Pierre também respirou mais aliviado depois que Júlia concordou em ir ao médico no dia seguinte.

— Que bom, Júlia, que estamos nos entendendo — Pierre disse ironicamente. — Vou deixar você descansar, Júlia. Até amanhã.

— Obrigada, Pierre —disse Marcela, com o coração aliviado.

Mesmo que a segunda ideia a torturasse, Marcela achava que era muito melhor que a verdade aparecesse, seja lá qual fosse.

Nessa tarde, Pierre chegou em sua casa nervoso. Dominique foi direto ao seu encontro e, sem perder tempo, perguntou:

— Pierre, como está a Júlia?

Pierre sentiu uma leve inquietação na voz de Dominique e não resistiu em perguntar:

— Dominique, você lembra uma vez, na casa de Charlot, que você me disse que gostava da Júlia?

Dominique passou as mãos de leve no cabelo e respondeu:

— Sim, me lembro. Por quê?

— E você se lembra de que eu disse que ela poderia ser sua se você tentasse a sorte e ela consentisse?

Dominique sentiu certa preocupação na fala de Pierre e ficou um pouco envergonhado.

— Por acaso ainda sente algo por ela?

Dominique se sentiu ofendido com a pergunta de Pierre.

— E se sentisse? Não muda nada agora. Ela vai ser a sua mulher, Pierre. E mudando de assunto, eu consegui um médico para a Júlia. É um amigo meu, o doutor Fábio. Ele disse que pode atender a Júlia amanhã.

Pierre se animou com a notícia e se esqueceu das indagações que havia feito ao irmão.

— Obrigado, Dominique. Vou ligar para a Júlia agora mesmo para falar para ela.

"Por que essa pergunta justo agora", pensou Dominique.

— Júlia, seu futuro esposo acabou de ligar e deu uma ótima notícia. Ele conseguiu uma consulta amanhã com o doutor Fábio. Parece que é um ótimo médico, bem conceituado — disse dona Marcela.

Júlia ficou encarando a mãe, com a fisionomia irritada.

— O que foi?

— Mãe, estou cansada disso. Parece que vocês estão descon-fiando de mim. Quer saber? Eu não vou. Eu disse que marquei minha consulta para daqui um mês.

— Tudo bem, filha, não precisa se exaltar. Seu namorado só está pensando no seu bem-estar e no da criança. E foi você quem disse que iria amanhã com o Pierre, então ele conseguiu sua consulta.

— Tudo bem, mãe. Me desculpe. Eu só estou cansada de tudo isso.

— Cansada de quê, Júlia?

— De nada, mãe. Só cansada. Eu vou me deitar, ok?

Marcela aproveitou que a Júlia foi se deitar e ligou para Pierre, angustiada, comentando a reação da filha.

— Pierre, a Júlia não quer ir ao médico.

— Ela vai sim, dona Marcela, nem que eu a leve carregada. Não comente mais nada com ela. Amanhã estarei aí para levá-la.

E no fim, toda essa história fez com que Pierre esquecesse um pouco de Charlot. Para Pierre era inquestionável. Se viesse a confirmação da gravidez, iria se casar com Júlia.

No dia seguinte, Pierre e Dominique amanheceram cedo na casa de Júlia.

— Júlia, acorda. Adivinha quem chegou para tomar café com você?

— Quem, mãe?

— O Pierre e seu irmão Dominique. Eles estão aqui para te levar ao médico.

— Sério isso, mãe? Até o irmão ele trouxe junto? Está bem, já vou me levantar.

Júlia levantou brava e, ao escovar os dentes, sentiu uma leve tontura, mas ignorou e se arrumou.

— Oi, amor. Tão cedo. Sentiu minha falta? — Perguntou Júlia, com ar de ironia.

Pierre sentiu a hostilidade de Júlia, mas já previa isso e entrou no jogo dela.

— Lógico. E da Julinha também. E também vamos ao médico, esqueceu?

— Tudo bem, Júlia? — Perguntou Dominique.

Júlia ficou sem graça com a presença dele.

— Você também vai ao médico com a gente?

— Sim. Ele é um amigo meu. Eu que consegui esse encaixe e vou apresentá-lo a vocês.

— Entendi — disse Júlia desconcertada.

— Então com licença. Eu vou terminar de me arrumar.

— Pode ir — falou Pierre, animado com a consulta.

Pierre estava começando a curtir a ideia de ser pai, mas também tinha uma pequena esperança de não ser.

Júlia foi para o fundo de sua casa e começou a chorar. Sua mãe percebeu e foi atrás dela, e perguntou, angustiada:

— Tudo bem, filha?

— Não, mãe. Não está nada bem. Tudo isso já foi longe demais.

— O quê, filha? O que foi longe demais?

— Nada. Agora é tarde.

Júlia saiu correndo em direção ao carro, com as cha-
ves nas mãos.

— Pierre! Corre! A Júlia pegou o carro e saiu correndo! Ajude
a minha filha!

— Vamos, Dominique!

Pierre saiu correndo em direção a Júlia para tentar impedi-la, mas era tarde demais. Não muito longe dali, a duas ruas de
distância, encontrou Júlia com o carro batido no poste.

17

ENFIM, A NOTÍCIA

Depois de horas na sala do hospital, finalmente o médico sai. Pierre e Dominique vão desesperados ao seu encontro.

— Doutor, está tudo bem com a Júlia? — Perguntam Pierre e Dominique ao mesmo tempo.

— Não se preocupem. Ela e o bebê estão ótimos!

Surpresos, Dominique e Pierre dão um passo para trás. Júlia realmente estava grávida.

— Não acredito que vou ser pai, Dominique! Não acredito! Eu estou tão feliz!

"É claro...agora tudo faz sentido", pensou Dominique, em silêncio, um silêncio que gritou muito alto para Pierre.

— Está tudo bem? Aconteceu alguma coisa? Está abatido— falou Pierre ao irmão.

Dominique não parava de passar as mãos em seu cabelo preto e liso.

— Na verdade, irmão, não está nada bem...

— Lembra-se deque na festa da Charlot você começou a usar a Júlia para fazer ciúmes na Charlot? E que nesse dia eu pedi para você parar? Mas você estava muito bêbado para me dar atenção. Então eu vi a Júlia chorando num canto.

— E daí, Dominique? O que tem a ver?

— Nesse dia você estava muito bêbado e dormiu na casa da tia da Charlot, e eu levei a Júlia para nossa casa, pois ela não parava de chorar. Então eu a abracei para consolá-la.

— Espera aí! Você levou a minha namorada para a nossa casa?

— Sim, porque ela não parecia bem e queria conversar. Ao chegarmos vi que não havia ninguém lá. Ela não parava de chorar, eu tentei consolá-la, e quando vimos já havíamos transado sem nenhuma proteção...

Pierre deu soco na boca de Dominique enquanto ele ainda falava.

— Seu fura-olho! Como pôde? O meu próprio irmão?! — Gritou Pierre dentro do hospital.

— Me perdoe, Pierre. Foi um momento de fraqueza, só aconteceu uma vez.

— E parece que foi o suficiente, não é, Dominique?

Pierre tentava manter a calma e sorria de nervoso. Não parava de olhar para a porta do quarto de Júlia, como se desejasse entrar lá.

— Agora, casa você com ela. E parabéns! Parece que você é quem vai ser pai!

— Espere, Pierre! — Gritou Dominique, com a boca sangrando, chamando a atenção de todos ali presentes.

Pierre seguiu para a casa como um louco, sem olhar para trás. Ele estava, ao mesmo tempo, aliviado por saber a verdade, e magoado e decepcionado com seu irmão. Aliás, poderia ter sido qualquer um, menos ele.

18

A PARTIDA

— Tia, muito obrigada pela sua hospitalidade. Hoje é o dia da minha partida.

Charlot chorava muito, e Jorge estava ao seu lado, com as malas prontas para partirem para o Brasil.

— Imagina, minha flor. Você é sempre bem-vinda na minha casa. Aliás, vocês dois. — Emma se referia a Jorge também.

— Obrigado por tudo, senhora Emma — disse Jorge, aliviado por estar indo embora de Colmar com Charlot.

— Tia, não chore. Eu volto para visitar a senhora.

— É que me acostumei com você aqui. Eu não tenho filhos e você sempre foi como uma filha para mim.

— Obrigada, tia, por tudo.

Emma puxa Charlot em um canto, como se quisesse sair do olhar de Jorge, e fala baixinho:

— Escuta, Charlot, é importante. Nunca desista dos seus sonhos.

— Tia, foi meu sonho que desistiu de mim, lembra? Charlot se referia a Pierre, mas ela também sabia que não era bem assim.

— Não fale assim, amor. Você é jovem.

— Tia, quando eu era pequena a senhora me falava que Colmar era a cidade dos desejos realizados, mas acho que ela desistiu no meu.

— Charlot, para Deus nada é impossível. Apenas confie e continue. Confie que algo maravilhoso pode acontecer. Se não for em Colmar será em outro lugar. Mais cedo ou mais tarde virá, assim como veio para mim.

— Espero que sim, tia. Mas eu sei que perdi o amor da minha vida e foi culpa minha e dos meus atos impensados.

— Não se culpe assim, Charlot. Errar faz parte da vida, é um processo natural. Tolice é não aprendermos com os nossos erros.

— Eu aprendi, tia. Pena que foi tarde demais.

Jorge começou a ficar incomodado com a conversa de Emma e Charlot, pois desconfiava que elas estavam falando de Pierre, e ele tinha ciúmes por amar Charlot.

— Vamos ou perderemos o voo — disse Jorge inquieto.

Charlot tentava prolongar ao máximo a sua saída de Colmar. Ela olhava na casa da sua tia, no jardim do lado de fora, nas flores, nas mobílias bem arrumadas e limpinhas. Também se lembrou do café, lugar de encontro dela com Pierre e seus amigos. Na verdade, ela não queria ir embora, mas a notícia da gravidez de Júlia havia mudado tudo, ela não queria atrapalhar a vida do futuro casal.

— Vamos, Charlot! — Chamou Jorge mais uma vez, impaciente, e um pouco mais alto.

Como Charlot não se manifestou, Jorge chamou novamente, quase gritando, o que assustou Charlot, que pareceu sair de um transe:

— Vamos!

Ela abraçou a tia pela última vez e disse:

— Tia, como o Lohan não está aqui, deixa meu abraço para ele e agradeça a hospitalidade dele por mim.

— Sim, querida. Não se preocupe, eu falo sim. Vá em paz e volte quando quiser.

— Adeus, tia.

Assim, Charlot parte para o Brasil, mas o seu coração permanece em Colmar.

Logo após a sua partida, o amor da sua vida, Pierre, resolve procurá-la. Ele dirige para a casa de Emma desesperado. Finalmente, havia tomado coragem, e como se mais nada importasse naquele momento, indo em direção à casa do amor da sua vida, sentia que não devia ter desistido dela.

"Finalmente, cheguei", pensou o rapaz, nervoso, por saber que veria Charlot mais uma vez. Seu coração batia cada vez mais rápido conforme ia se aproximando da campainha.

Dimmmmm, dommmmmmmm.Dimmmmm, dommmmmmmmm

— Calma! Já estou indo.

— Oi, senhora Emma. Tudo bom? Eu preciso falar com a Charlot. Ela está em casa?

— Oi, Pierre. — Disse Emma, surpresa. — Entra. Vou te dar um suco de maracujá. Você parece estar muito ansioso.

— Desculpa, senhora, mas eu não tenho tempo para um suco. Eu só quero saber se a Charlot está.

— Como eu vou te dizer isso, Pierre... a Charlot foi embora para o Brasil!

Pierre fica sem reação. Então ele olha para baixo, anda em direção ao seu carro e sem ouvir mais nada, apenas dirige sem rumo.

19

NÃO SEREI MAIS A MESMA

— Finalmente, chegamos ao Brasil, Charlot!

— Sim, meu amigo. Chegamos.

— Anime-se! Eu estou aqui caso precise conversar.

— Eu sei que está. Aliás, Jorge, você sempre esteve ao meu lado em todos os momentos.

Charlot segura nas mãos de Jorge, e este lhe dá um pequeno conforto e esperança, mas sua expressão de tristeza era evidente e isso passou a incomodar Jorge.

— Olha lá a sua mãe. Ela está com uma plaquinha. Será que ela acha que vamos nos perder? — Disse Jorge rindo, tentando descontrair, para que Charlot desse ao menos um sorriso.

— Filha! Filha, que saudades! — Gritou Lúcia, indo em direção a Charlot.

Estavam esperando Charlot a sua babá, Jordana e a sua mãe.

— E o pai, mãe? Não veio?

— Ele teve uma emergência na fazenda e teve que ficar.

Lúcia logo mudou de assunto, chamando a atenção de Charlot para Jorge.

— Nossa! Olha só o Jorge! Como está mais bonito! — Falou Lúcia, admirando Jorge e tentando animar Charlot. Jorge ficou meio constrangido, mas gostou da admiração da dona Lúcia.

Emma sempre informava Lúcia de tudo que acontecia em Colmar, então Lúcia sabia de Pierre e dos sentimentos de Jorge, mas Charlot não sabia disso.

A princípio, Emma não queria contar o dia a dia de Charlot, mas Lúcia insistia – "É meu direito de mãe", dizia ela. Assim,

Emma contava o que acontecia com Charlot em Colmar, já que não podia negar isso a Lúcia, mas era discreta nos detalhes.

Todos na Fazenda das Rosas sabiam da vida amorosa de Charlot, pois Lúcia falava alto e todos acabavam escutando, inclusive a babá, Jordana, que sempre rezava por ela – "Senhor, ajude minha menina a encontrar o caminho dela e o amor verdadeiro". Essa era a oração de todas as manhãs de Jordana.

— Charlot, minha filha, está tudo bem? — Perguntou Lúcia, preocupada, pois a filha estava muito abatida.

— Estou ótima, mãe. Só quero ir para a casa para descansar um pouco.

— Sim, minha filha. Mas amanhã daremos uma festa de boas-vindas. E você está convidado, Jorge. Aliás, seus pais não vieram te receber? — Questionou Lúcia, achando estranho ninguém ter aparecido no aeroporto.

— Não, senhora Lúcia. Na verdade, eu resolvi fazer uma surpresa.

— Entendi. A senhora Morgan vai pular de felicidade ao vê-lo.

Jorge sorriu timidamente. Ele só pensava em Charlot, e a viagem inteira olhou só para ela, mas ela estava triste demais para perceber os olhares de Jorge.

— Então até amanhã, Jorge.

— Até amanhã, senhora Lúcia.

Jorge foi para sua casa muito pensativo, pois Charlot mal tinha olhado para ele ou conversado com ele a viagem inteira; e ainda, às vezes, limpou algumas lágrimas do rosto. Era como se Jorge não estivesse lá.

"Qual será o próximo passo?", pensou Jorge. Em alguns momentos ele se sentia um pouco egoísta, mas era tudo ou nada para Jorge. "Qual e quando deve ser minha próxima investida? Ainda não estou totalmente fora do jogo". Ele estava disposto a lutar por Charlot agora que Pierre estava fora da vida dela. "Agora não é errado". E ele ainda achava que tinha uma vantagem, pois Júlia estava grávida e Charlot no Brasil. "Agora ela será minha. Só minha", pensou ele.

Naquela manhã, Charlot chegou em casa e foi direto para a cama. Ela dormiu o dia inteiro. Era só o que ela queria: dormir para esquecer de tudo em Colmar. "Cidade dos desejos realizados... com certeza não foi para mim", pensou.

— Charlot, minha pequena, acorda!

— Babá, eu não quero. Não tenho vontade.

— Hoje é o dia da sua festa de boas-vindas. Vamos separar um vestido lindo para você, um daqueles que sua tia te deu.

— Babá, eu não quero nem levantar da cama, que dirá participar de festas.

— Nada disso. Sua mãe já convidou todos, inclusive August.

Quando Jordana citou o nome de August, Charlot não sentiu nada, e isso a deixou um pouco mais animada. Ela pensou: "August agora é passado".

— Escuta, Charlot, eu sei do Pierre — Jordana falou.

Charlot despertou rapidamente quando sua babá pronunciou o nome dele.

— Quem te contou, babá?

— Filha, escuta...você achava mesmo que a dona Lúcia não ia dar um jeito de saber de você. E ela não está errada, afinal, é a sua mãe.

Por um momento Charlot sentiu-se traída por Emma, mas depois compreendeu. Ela conhecia muito bem sua mãe e sabia que quando queria algo era muito insistente.

— Minha menina, levanta agora dessa cama e prepara a sua melhor roupa porquê à noite você tem uma festa para ir. E não é qualquer festa, é a sua festa.

Charlot lembrou-se da festa dos seus 18 anos e de como havia sido um fracasso. "Pior do que nos meus18 anos não pode ser", pensou Charlot, tentando achar ânimo para levantar da cama.

— Ânimo, minha menina!

— E quando não se tem ânimo, babá?

— Vai assim mesmo, minha menina. Quem sabe o ânimo não vem depois. Há situações na vida em que temos que nos esforçar, entende, minha filha?

Charlot entendia cada palavra de Jordana, mas a única vontade que ela tinha era de ficar deitada e pensando o quanto ela tinha sido burra em deixar passar a oportunidade dela com Pierre. E Jordana insistia com Charlot.

— Escuta, minha menina. Eu sei que você está pensando que agora é tarde demais, mas não é. Primeiro, ninguém morre por amor. Segundo, se esse homem tiver que ser seu, de alguma forma vocês vão ficar juntos. E terceiro, se não tiver que ser seu, então não será, e está tudo bem. Isso não significa que você nunca mais será feliz. Ou nunca ouviu a expressão "Um amor cura outro amor"? Além do mais, o que vocês viveram está vivido. Tenha como um importante aprendizado.

"Realmente, ninguém morre por amor", pensou Charlot. E as palavras de sua babá a fizeram encontrar o ânimo que estava perdido.

— Tem razão, babá. Devo ocupar minha mente e me levantar desta cama. Obrigada, Jordana. Você sabe que é mais do que uma babá para mim, não sabe?

— E você sempre será minha menina.

Charlot deu um abraço bem apertado em Jordana, sentindo-se feliz por tê-la em sua vida.

20

A VIDA & SUAS VOLTAS

"Pensando bem, Jordana está certa. Eu vou dar a volta por cima. Vou escolher o meu melhor vestido e colocar o meu melhor sorriso no rosto e seguir em frente. Eu vou fazer isso pelas pessoas que acreditam em mim. E por mim também", pensou Charlot, decidida a ser feliz mesmo com o coração partido.

— Querida, já escolheu o seu vestido?

— Já, mãe. Vai ser este rosa-claro.

— Que lindo vestido! Foi a sua tia que te deu?

— Foi, mas eu não tive a oportunidade de usá-lo.

— Mas agora o importante é que você vai ficar linda. Bom, vou terminar os preparativos. Ah! Já ia me esquecendo. Eu convidei o Jorge e o August.

— Mãe, é impressão minha ou a senhora está querendo que eu me aproxime de um dos dois?

— É impressão sua, claro. O Jorge sempre foi o seu melhor amigo e o August é o nosso vizinho.

— Entendi...mas não se preocupe, mãe. Eu não vou sair correndo e ir para Colmar para implorar o amor de Pierre.

— Eu sinto muito, minha filha. Eu sei que você está sofrendo. Não deve ser fácil perder um amor. Eu só tive o seu pai e nunca sofri por amor, mas eu sei que dói.

— Obrigada por me entender. Significa muito para mim.

— Filha, eu sempre estive ocupada com as coisas da fazenda, trabalhando duro com o seu pai, e me esqueci da minha menininha. Confesso que já ouvi a sua babá te chamar de "minha menina" e já tive ciúmes, mas depois percebi que eu mesma acabei delegando a função de mãe para ela. Me perdoa, filha?

— Claro, mãe. Não precisa chorar. Hoje eu entendo que cuidar da fazenda não é fácil. E sou muito grata pela vida que a senhora e o pai me deram, uma vida de oportunidades e conforto.

— Sim, mas não justifica, filha, eu ter me afastado quando você mais precisava. Foi com a sua babá que você tirou suas dúvidas. Eu sinto muito. Quando você foi para Colmar eu ligava todos os dias para saber da sua vida e estava sentindo muito a sua falta, mas a sua tia disse que você estava namorando e feliz, então não quis te atrapalhar. Mas quando fiquei sabendo que você e o Jorge estavam juntos, eu quis trazê-los de volta. Eu queria você aqui comigo, filha, talvez recuperar o que eu deixei passar.

— Mãe, não se puna por nada, eu entendo.

— Não, Charlot. Eu e seu pai fomos pais ausentes. Foi tudo em nome do conforto que queríamos te dar, mas não soubemos dividir o nosso tempo. Por favor, perdoe-nos, filha.

— Vem aqui, mãe, e me dá um abraço. E chega de tristeza porque hoje tem a minha festa! Já chega o fracasso que foi a minha de 18 anos!

— Não foi não, filha. Foi o August quem perdeu!

— E não foi, mãe?

Charlot e Lúcia riram ao lembrarem-se da festa de 18 anos.

— O melhor da noite, mãe, é que no final dancei com o Jorge. Por esse e por tantos outros motivos preciso reconhecer que ele sempre esteve ao meu lado.

A noite caiu rápido. Charlot não tinha pressa de estar na sua festa, pois ainda sentia falta de Pierre, mas estava tentando segurar as pontas.

— Charlot, já anoiteceu. Vai se arrumar, minha menina. Os convidados já estão chegando.

— Já estou indo, babá. Eu estava com a minha mãe. Sabia que estamos mais próximas?

— Eu notei. Estou muito orgulhosa da dona Lúcia e de você, minha menina! A dona Lúcia sempre trabalhou duro para te dar de tudo. E quando você foi para Colmar ela parou até de trabalhar, só queria notícias suas o tempo todo.

— Eu não sabia, babá. Para mim, a minha mãe estava vivendo a vida normalmente.

— Então, por incrível que pareça, a dona Lúcia parou mesmo de trabalhar. Mas agora já chega de conversa, minha menina. Vai se arrumar e eu tenho que terminar de cuidar das coisas da festa.

— Está bem, babá.

Os convidados foram chegando, um a um. Por coincidência, Jorge e August chegaram juntos, e juntos cumprimentaram os pais de Charlot.

— Boa noite, senhora Lúcia e senhor Rubens — falou Jorge.

— Boa noite, August e Jorge.

— E Charlot? Onde está? —Perguntou August, ansioso.

Jorge ficou incomodado com a pergunta de August.

— Ela está terminando de se arrumar. Fiquem à vontade — respondeu dona Lúcia. — E falando nela, olha lá! Ela está vindo! — Disse dona Lúcia, surpresa ao ver a sua filha tão bonita. Ela não havia se dado conta do quanto sua menina havia crescido. Não era mais aquela menininha impaciente pelo seu baile de 18 anos. Agora Charlot se comportava como uma mulher.

August fixou os olhos em Charlot e sem que Jorge tivesse tempo de agir, ele foi em sua direção. Charlot tinha chamado a atenção de todos os convidados com o seu vestido rosa-claro com um leve detalhe de rendas. Seu cabelo longo e ruivo também chamou a atenção, e dele saía um cheiro doce que deixou os rapazes ainda mais atiçados.

— Posso te convidar para uma dança? — Perguntou August, ansioso.

Charlot sorriu e lembrou-se de seu aniversário de 18 anos, quando esse momento tinha sido tão importante para ela.

As mãos de August estavam frias e suadas devido à ansiedade. O fato de Charlot estar mais bonita e mais experiente mexia muito com ele. Por outro lado, Jorge estava impaciente e não parava de olhar Charlot com August.

August sentia o perfume doce que vinha do cabelo ruivo e encaracolado, o que o deixou assanhado demais e isso incomodou Charlot.

— August, você está bem? Está encostando muito em mim. E suas mãos estão muito suadas.

— Desculpe-me, Charlot, mas você está muito linda. E esse seu perfume está mexendo muito comigo. Eu posso te beijar? — Disse August.

Charlot lembrou-se do quanto ela tinha sonhado com esse momento, mas por algum motivo já não era mais tão especial, então gentilmente ela olhou para August e disse "não".

A noite estava fresca e nela estava Charlot, cabelo levemente encaracolado e ruivo e com belo sorriso encantador. Sua voz foi finalmente ouvida, ela perdeu o medo de falar. E sua voz foi ouvida por ela mesma, então ela tirou as mãos de August de sua cintura e saiu imponente, dizendo:

— Aproveite a festa.

A atitude de Charlot chamou a atenção de Jorge, que não acreditou no que havia presenciado. Em todos os anos de amizade, ela só falava de August e o quanto ela queria aquele momento. Envergonhado, August se afastou, e Jorge aproveitou para conversar com Charlot.

— Você viu a cara do August? — Perguntou Charlot emocionada. Nem ela acreditou no que havia feito.

— Eu vi sim, mocinha. Mas isso está me cheirando a vingança.

— Não, Jorge. Eu não queria mesmo estar ali com ele. E aquele era o meu momento, entende?

— Entendo, sim. Que bom que ouviu a sua consciência — disse Jorge.

E no final da festa, apenas Charlot e Jorge dançaram sem se preocupar com nada. A noite terminou ao som de uma música e uma dança dos dois sob o luar na Fazenda das Rosas, dançando como bons amigos. Embora Jorge sentisse um desejo ardente por Charlot, nessa noite ele não tentaria nada. Não queria perder a confiança que estava ganhando novamente.

A noite terminou exatamente como na noite em que Charlot completou 18 anos: nos braços de seu melhor amigo. Mas agora muito mais segura de si. Ela sentia sua voz voltar e não queria calá-la nunca mais, por ninguém, nem mesmo pelas suas inseguranças.

— Hoje à noite é sua, Charlot! Apenas dance. E se vierem lembranças, deixe-as passar, ok?

— Combinado, Jorge!

21

DECISÃO DIFÍCIL

— Acorda, dorminhoca...

— Mãe? Eu achei que fosse a babá.

— Não, filhota. Eu mesma quis trazer o seu café na cama. E aí? Gostou da sua festa de boas-vindas?

— Eu amei, mãe! Muito obrigada. Parece que tem alguém batendo na porta.

— Pode entrar, Jordana —disse Lúcia.

— Senhora Lúcia, o Jorge está na sala. Disse que venho buscar a minha menina, quer dizer, a senhorita Charlot para tomar café fora.

— Nossa, mãe...e agora?

— Agora você aproveita e vai se divertir com o seu amigo!

— Exatamente, mãe, um amigo. Mas será que Jorge conseguiu entender isso? Eu não quero iludi-lo.

— Charlot, você e Jorge sempre foram amigos. Caso ele não entenda isso, fale com todo o amor e carinho do mundo que sua resposta é não. Ele vai entender.

— Mãe, eu ainda não estou com vontade de me divertir. Eu sinto muita falta do Pierre. E quando penso que ele não está mais ao meu lado eu sinto muita dor.

— Charlot, ninguém está falando que você tem que ficar com o Jorge, mas se neste momento você se esquecer dos seus amigos, então vai ficar mais difícil sair dessa. Agora, se o Jorge realmente não entender que você não está preparada para outro relacionamento então, infelizmente, você terá que se afastar.

As palavras da dona Lúcia mexeram com Charlot. Jorge era como se fosse um irmão para ela. Como poderia afastá-lo da sua vida? Caso isso precisasse ser feito, estaria ela pronta para abrir mão da amizade de infância?

— Mãe, tudo bem então eu tomar café com o Jorge?

— Filha, vai lá! Não o deixe esperando muito tempo. Eu vou sair para você se arrumar em paz.

— Obrigada, mãe.

Na verdade, dona Lúcia gostava da ideia de Charlot e Jorge juntos, e ela torcia para Charlot esquecer Pierre, pois ela sentia-se responsável por tudo que tinha acontecido já que foi ela quem mandou Charlot para Colmar.

— E aí, garotão? Para onde pretende me levar?

— É uma surpresa. Você está linda!

Charlot estava com uma roupa simples, um short jeans e uma camiseta regata, e seu cabelo estava preso em um coque. Dona Lúcia ficou decepcionada com o descaso de Charlot com a aparência, mas a jovem não queria impressionar Jorge; pelo contrário, tinha esperança de que ele a esquecesse, porque tinha medo de que chegasse ao ponto de desfazer a amizade.

— Dona Lúcia, me dá licença, mas eu vou precisar vendar os olhos de sua filha, pois eu preparei uma surpresa.

— Fica à vontade, Jorge — respondeu Lúcia, sorrindo e curiosa.

Durante o percurso Charlot só conseguia pensar em Pierre e em Júlia. "Será que eles já se casaram?", pensava.

— Está me ouvindo? Já chegamos.

— Desculpe. Eu estava um pouco distante.

— Tudo bem. Mas antes de eu retirar a sua venda, você vai segurar nos meus braços, tudo bem?

— Está bem. Mas cuidado comigo, hein!

E Charlot continuava com seus pensamentos, sem prestar atenção ao que Jorge falava: "Será que ele já se casou com a Júlia? Ou será que não?".

— Charlot, está tudo bem? Vou tirar a faixa.

Enquanto Charlot ainda pensava em Pierre, ela sentiu os dedos de Jorge alisarem a sua face. Delicadamente, ele foi retirando a faixa, encostando em seus lábios. Suas bochechas começaram a ficar vermelhas e ela sentiu que precisava cortar o clima.

— Deixa que eu tiro, Jorge.

Porém, Jorge a ignorou e continuou tirando a faixa do rosto de Charlot. Nesse momento, a menina sentiu um leve arrepio em seu corpo, mas estava decidida a não ceder às suas paixões, porque amava a Pierre e não estava pronta para seguir em frente. Enfim, Jorge tirou a faixa de seu rosto totalmente.

— E aí? Gostou? —Perguntou Jorge, ansioso para impressionar a moça.

— É lindo, Jorge. Muito obrigada por me trazer aqui. Esse campo de flores é realmente lindo. Eu não tenho palavras para descrevê-lo.

— Ele me lembra você, Charlot. Delicado e perfumado.

— Vamos comer! — Disse Charlot, mais uma vez quebrando o clima.

— Vamos!

— Mas antes gostaria de saber o que o meu bom amigo trouxe.

Jorge nunca tinha odiado tanto uma palavra, e Charlot insistia em chamá-lo assim.

— Seu amigo trouxe frutas, geleias, pão integral, suco de uva e seus chocolates preferidos.

— Nossa, Jorge! Você não existe!

— Charlot, posso te pedir uma coisa?

Charlot sentiu um leve frio na espinha, temendo que Jorge fosse pedir um beijo.

— Se em algum momento eu forçar a barra, me avisa, por favor. Eu não quero que você se sinta obrigada a nada. Só que eu sinto que desde que saímos da sua casa é como se a sua cabeça não estivesse no seu corpo.

— Desculpe-me, Jorge. Eu estou tentando, mas não está fácil para mim.

Jorge sentiu Charlot triste e inclinou a cabeça sobre seu peito. Nesse momento Charlot teve uma sensação estranha, de que não deveria estar ali. Então ela percebeu que ela deveria se afastar de Jorge.

— Jorge, eu vou precisar me afastar de você por um tempo. Eu sinto muito. E não pense que foi fácil tomar essa decisão porque não foi.

— O quê? Espera! Como assim Charlot? O que foi que eu fiz?

— Jorge, eu preciso dar um tempo para eu voltar a ser eu, me entende? Estou perdida. É como se eu estivesse em um barco que está naufragando, e você não pode me ajudar porque está na mesma situação que eu. Um cego não guia outro. Eu sei que você me ama, não ama?

Jorge sentiu-se encurralado, não tinha como negar. E Charlot sabia que ele tentaria algo, ainda mais agora que Pierre não estava por perto.

— Entenda, Jorge. Não é justo com você. Se você não sentisse nada por mim seria ótimo. Tudo que eu preciso agora é de um amigo, mas cada vez que eu te rejeitar será uma apunhalada em seu coração.

— É verdade que eu te amo, mas eu assumo os riscos. Não quero me afastar de você. Ainda mais agora, sabendo que você precisa de mim, Charlot.

— Sim, Jorge, preciso, mas você não precisa naufragar junto comigo. Vai viajar! Quem sabe você não conhece alguém que mereça o seu amor?

— Eu te amo e não quero me afastar. Mas justamente porque eu te amo que vou respeitar a sua decisão. Só nunca se esqueça de que um dia eu amei você.

— Eu nunca vou me esquecer. E nunca se esqueça de mim também, seu cabeção – falou Charlot.

Jorge deu um sorriso sem graça, mas sabia que ele tinha que respeitar a decisão dela em nome do sentimento que ele tinha por Charlot.

— Eu não tenho certeza de que irei amar de novo, mas eu prometo que vou tentar. Pare de chorar e vem aqui me dar um abraço, Charlot. Já que seguiremos caminhos diferentes, acho que eu mereço um abraço, não é?

— Merece sim, meu amigo. Vem aqui vai.

E nessa manhã, mais uma vez, Charlot terminou nos braços de Jorge. Não importava a situação, era sempre em seus braços que ela terminava...

22

SEGUINDO EM FRENTE

— Pronto! Chegou! Não foi tão ruim assim sair um pouquinho comigo. Ou foi?

— Claro que não. Eu amei o lugar e o café da manhã. Muito obrigada por tudo que você fez. Estava tudo incrível.

— Você é que é incrível, Charlot.

Jorge puxou Charlot para o seu peito e deu-lhe um beijo. Como sabia que não teria mais uma chance, então aproveitou a última, mesmo sem saber qual seria a reação de Charlot. Porém, ela correspondeu ao beijo, pois sabia que Jorge precisava desse beijo. Embora sem sentir qualquer coisa, ela não o impediu.

Dona Lúcia abriu a porta e viu Charlot aos beijos com Jorge e resolveu entrar como se nada tivesse acontecido.

— Com licença, estou entrando.

— Senhora Lúcia, eu já estava de saída. Até mais, Charlot...

Assim que Jorge saiu, dona Lúcia não perdeu a oportunidade.

— Hum...eu vi tudo!

— Mãe, o beijo foi uma despedida da minha parte e um ato desesperado do Jorge para não me perder, mas o que ele não sabe é que ele me perdeu no exato momento em que descobri que amava o Pierre.

— Eu nem sei o que te falar, Charlot. Eu sinto muito pela amizade de vocês, mas devido às circunstâncias tenho certeza de que tomou a decisão certa.

— Eu espero que sim, mãe.

Mesmo querendo que Charlot tivesse algo com Jorge, ela não podia desejar para a filha um relacionamento baseado em um amor vindo apenas de uma parte que, nesse caso, vinha só de Jorge.

— É uma pena, querida, pois o Jorge, além de bonito, é de uma ótima família e, o melhor de tudo, é um bom rapaz. Agora eu tenho uma ideia! Porque você não me ajuda aqui na fazenda? Assim você distrai a cabeça um pouquinho.

— Claro, mãe! Seria ótimo! O que tenho que fazer?

— Administrar as papeladas das importações e exportações dos animais e ajudar o seu pai no que ele precisar. Pode começar agora se quiser. Vem comigo que eu te explico o que e como fazer. Olha só... está vendo os telefones dos nossos fornecedores? Você tem que ligar e agendar as entregas e cuidar para entregar tudo no prazo.

— Pode deixar, mãe. Farei o meu melhor.

Charlot começou a se empenhar na fazenda para fazer tudo conforme sua mãe lhe instruía, mas seus pensamentos sempre voltavam para Pierre e Júlia. E após um mês estava tudo absolutamente organizado. Como estava tudo em ordem, dona Lúcia disse a Charlot:

— Filha, para um pouco, tira uns dias de férias. Já está tudo organizado por aqui e você não parece muito bem.

— Pela primeira vez a partir do dia em que cheguei aqui, só agora é que finalmente estou recuperando a minha paz e me encontrando novamente, mãe. O trabalho está me permitindo isso, então não o tire de mim, pois tem sido importante. E ainda tenho passado mais tempo com a senhora e com o papai.

— Tudo bem, minha filha. Você está certa. Eu só estava preocupada com você porque anda meio pálida, não sai mais e fica enfiada no escritório o tempo todo. Faz o seguinte: faça a contagem dos animais com o Tobias hoje, pode ser?

— Tudo bem, mãe. Mas relaxa que eu estou bem. Agora mesmo vou falar com o Tobias.

Charlot nunca havia se envolvido antes com as coisas da fazenda. O Tobias era um capataz antigo da fazenda, que Charlot conhecia desde pequena. Ela o cumprimentava, mas nunca havia falado com ele a respeito dos animais ou sobre o seu trabalho na fazenda, já que, na maioria do tempo, estava na casa de Jorge.

— Bom dia, Tobias. A minha mãe pediu para te acompanhar hoje na contagem dos animais.

— Bom dia, patroinha. Eu já comecei a contagem. Está no cem. Se a senhora quiser me acompanhar na contagem fica à vontade.

Tobias já era um senhor, tinha 60 anos e sempre trabalhou na Fazenda da Rosas. Certamente, ia se aposentar ali. Ele era um homem competente e de total confiança dos pais de Charlot. Dona Lúcia deu uma pequena casa para ele morar com a família e desde então ele era o mais leal dos capatazes da fazenda.

— Patroinha, a senhora está bem?

— Desculpe-me, Tobias. Eu estava pensando em outra coisa. Por quê?

— É que eu estava te perguntando se a senhora queria refazer a contagem?

— Não, Tobias, fica em paz. Eu acredito em você. Na verdade, eu só estou aqui para poder sair um pouco do escritório e tomar um ar fresco. Mas se você não se importa eu vou um pouco lá no lago.

— Pode ir, patroinha. Fica à vontade.

"Essa menina não está bem", pensou Tobias. "Num instante ela estava tão interessada e no outro parecia estar no mundo da lua. Bom, deixa eu continuar meu serviço antes que a patroinha volte e me pergunte de novo da contagem".

Nesse dia, Charlot ficou sentada na beira do lago que tinha em sua fazenda até de tardezinha, admirando-o.

— Como são lindas as coisas da fazenda! E como as pessoas que moram aqui são gentis. Eu preciso parar de olhar para o que deu errado, tentar recuperar o meu ânimo e agradecer pelo que deu certo — falou Charlot para si mesma. — Cansei de sentir pena de mim. Eu preciso recuperar de novo a minha voz e a minha vontade de viver, e desejar que o Pierre seja feliz com a Júlia. Se as coisas foram para esse lado é porque tinha que ser desse jeito. É isso.

Nessa tarde, no lago, conversando consigo mesma, ela estava começando a recuperar a sua autoestima, a sua vontade de viver e os seus sonhos, que ficaram perdidos em Colmar.

— Voltou, patroinha?!

— Voltei, Tobias. E se você não se importar, terminaremos a contagem juntos.

— Claro que não me importo, patroinha. Borá terminar!

Então Charlot e Tobias recomeçaram a contagem dos animais, e esse final de uma tarde bonita e ensolarada completou o dia dos dois.

— Tobias, já está anoitecendo. Eu vou para casa. Por acaso você, sua esposa e sua filha não gostariam de jantar conosco?

— Nossa, patroinha! Seria uma honra.

— Então espero vocês. O jantar será servido às 19h.

— Muito obrigado, patroinha. Estaremos lá.

Nesse dia, Charlot estava animada. Além de começar a se sentir útil e de estar se aproximando mais dos seus pais, ela estava retomando o seu ânimo pelas coisas e descobrindo outras.

— Jordana! Jordana!

— Fala, menina. Porque está gritando?

— Coloca água no feijão porque o Tobias e sua família vão jantar com a gente hoje.

— Por acaso eu escutei que o Tobias virá jantar conosco?

— Isso mesmo, paizinho. Eu o convidei.

— Sabe, filha, eu estou muito orgulhoso de você, de como você melhorou. Você está muito mais autoconfiante.

— É verdade pai. Eu me sinto muito mais confiante e essa sensação é única. Obrigada por você e a mãe me mandarem para Colmar. Eu sei que não deve ter sido fácil, mas hoje eu me sinto mais preparada para lidar com certas coisas.

— E nos assuntos do escritório você está dando um baile em mim e em sua mãe. Você está muito melhor do que nós.

— Eu ouvi alguém falando de mim, senhor Rubens? —Disse dona Lúcia, chegando onde eles estavam.

— Sim, querida. Eu estava falando para a nossa filha que ela está melhor do que nós no escritório.

— Eu vou ter que concordar com o seu pai, filha. Você aprendeu rápido. Mas mudando de assunto, o Tobias jantará conosco?

— Sim, mãe. Eu o convidei junto à sua família.

Enquanto a senhora Lúcia falava, Charlot pensou em como estava orgulhosa de si mesma, com o seu dia produtivo, e como estava começando a retomar o controle da sua vida.

— Agora, se vocês me derem licença, eu preciso tomar banho para o jantar.

— Vai lá, minha filha! —Disse Lúcia sorrindo.

Nisso, a campainha tocou.

— Deve ser o Tobias. Jordana, pode atender a porta, por favor? — Disse a senhora Lúcia.

— Oi, seu Tobias, senhora Cintia e pequena Melissa. Como estão? Perguntou Jordana ao abrir a porta.

— Estamos bem, Jordana. Você nunca mais apareceu em casa — falou a senhora Cintia, esposa de Tobias.

— São as ocupações, senhora Cintia.

— Entrem, Cintia, Melissa e seu Tobias. Nunca mais vieram nos visitar. Esqueceram-se de nós, é? — Comentou a senhora Lúcia.

— Jamais, patroa! É que às vezes nosso dia fica tão corrido que fica difícil mesmo!

— Eu entendo, Tobias. Eu e meu esposo mal temos tempo até para realizar uma simples refeição aqui com as coisas da fazenda. Mas quando quiserem nos visitar de novo sintam-se à vontade. Vocês não precisam de convite, pois já são da família.

— Sim, patroa. E hoje não teve como recusar um convite vindo da própria patroinha. Ela nos convidou tão animada que mesmo na correria eu me senti muito feliz pelo convite.

— Obrigada pelo convite. Nós viremos mais vezes sim — disse Cintia, alegre por estar ali.

Rubens e Lúcia tinham um grande carinho por Tobias e sua família. Mesmo depois de tantos anos servindo na fazenda, não havia melhor homem para trabalhar nem outro em que Rubens depositava tamanha confiança. Tantos anos na fazenda e Tobias nunca pegou nem um único prego que não fosse seu e sempre prestava conta de tudo. Isso fazia a senhora Lúcia e o seu Rubens admirarem muito Tobias e sua família.

Rubens deu um pedacinho de terra para Tobias, que levantou a sua casa, e desde então Tobias nunca mais quis outro patrão. Rubens e Lúcia sempre pagaram direitinho Tobias, dando-lhe um bom salário, pois a maioria do trabalho Tobias era quem fazia.

— Tobias, o que conta? — Perguntou seu Rubens. — Pode falar de qualquer coisa menos, de trabalho, hein!

— Estamos bem, chefe. A Melissa acabou de entrar no quarto ano!

— Parabéns, mocinha!

— Obrigada, tio! — Melissa chamava Rubens, Lúcia e Charlot de tio e tias.

— E onde está a patroinha?

— Estou aqui, seu Tobias! Que insistência em me chamar assim — disse Charlot, sorrindo!

— O jantar está servido, senhora!

— Ótimo! Vamos comer. Estou faminta! — Falou a senhora Lúcia.

O jantar foi muito animado. Charlot sorria pela primeira vez desde que chegara na fazenda, esquecendo-se, naquela mesa, de todas as suas preocupações.

— Bom, já deu nosso horário. Obrigada pelo jantar. Nós nos divertimos muito — disse Cintia.

— Foi maravilhoso relembrar como tudo começou — comentou Lúcia ainda sorrindo.

— Vamos acompanha-los até a porta — falou dona Lúcia.

Charlot subiu e já caiu na cama, e dormiu o sono dos justos. Ela estava muito feliz. "Que dia maravilhoso foi hoje. Finalmente, estou conseguindo seguir em frente", pensou a jovem ao deitar a cabeça no travesseiro.

23

As oportunidades passam

— Charlot! Acorda, minha menina!
— O que foi, babá? Que gritaria é essa?
— Você nem imagina quem acabou de me ligar!
— Quem, Jordana? Deixa de mistério!
— A mãe do Jorge. Ela disse que ele acabou de partir. Foi para a Itália.

Charlot deu um pulo da cama.

— O quê? Como assim? E nem se despediu?!
— Mas não foi a senhorita quem pediu para ele se afastar?
— Sim, babá, mas não imaginava que ele realmente fosse fazer.
— Pois é, minha menina...as oportunidades passam. Não aproveitou quando teve a chance. Eu tenho certeza de que o Jorge será um ótimo esposo.
— Deixa de ser abusada, senhora Jordana! Tudo bem, ele merece encontrar alguém que o ame. E seria muito egoísmo da minha parte deixá-lo preso a mim sem amá-lo.
— Parece que ele vai ficar na casa de um tio e passar uns tempos por lá. Ele pediu para a mãe dele ligar para dar o recado porque ele não queria lidar com despedidas.
— É, Jorge nunca gostou de despedidas. Eu me lembro de quando fui para Colmar. Ele nem apareceu. Esse é o jeito dele. Embora sinta um vazio com a ausência do Jorge, fico feliz que ele tente retomar a vida sem mim. Tomara que ele encontre alguém por lá, babá, que o ame muito. A mulher que se casar com o Jorge será muito feliz.
— E você, minha menina? O que pretende fazer?

— Eu quero viver um dia de cada vez, Jordana. E já é o suficiente. Agora eu vou trabalhar. Tenho que terminar de ligar para os fornecedores.

Jordana estava estranhando essa nova fase de Charlot. Parecia que ela estava tentando fugir de algo.

Charlot se arrumou rapidamente e foi direto para o trabalho. Parece que a notícia da partida de Jorge mexeu um pouco com ela.

— Bom dia, mãe. Tchau, mãe!

— O quê? Vai sair sem tomar café?

— Dona Lúcia, eu preciso ir mais cedo porque deixei acumular uns papéis.

— Espera, Charlot! Tenho novidades! A sua tia Emma está vindo para o Brasil. Chegará daqui a três dias.

— Sério, mãe? Que legal! Essa é a melhor notícia que eu podia receber.

"Será que trará novidades de Pierre?", pensou Charlot.

— Precisamos arrumar tudo para a chegada da tia, mãe!

— Não se preocupe, filha. Agora eu preciso que você se afaste um pouco do escritório para organizamos os dias que ela ficará conosco. Parece que o Lohan fará uma viagem de duas semanas a negócio e sua tia aproveitou para ficar aqui com a gente.

— Eu sei, mãe... mas eu estou me sentindo tão útil naquele escritório... vou fazer assim: vou trabalhar só na parte da manhã, combinado? E quando a tia chegar serei toda dela.

— Está bem. Parece que eu e seu pai perdemos a serventia aqui na fazenda, não é?

— Nunca, mãe! É que no momento eu preciso disso, entende?

Lúcia sabia que Charlot não estava no seu normal. Enquanto isso, Jordana observava atenciosamente a conversa de Lúcia com Charlot sentiu que era hora de ter uma conversa com sua menina.

Jordana foi correndo atrás de Charlot.

— Pare, minha menina! Eu preciso muito falar com você!

— Babá, estou atrasada.

— E por acaso está tão atrasada que nem teve tempo de tomar um café com a sua mãe?

— Está bem...pode falar.

— Charlot, minha filha. Eu acompanho você desde pequena. Eu sei o que você está tentando fazer. Você está tentando se atolar de tanto serviço até não sobrar nenhum tempo pra você, não é?

— E se for? Não é melhor assim? Ou você prefere me ver chorando pelos cantos?

— Charlot, essa tristeza que você está sentindo é normal. Você vai superar.

— E se eu não quiser superar?

— Então continuará a enganar a si mesma.

— Você não entende, babá. Eu tinha o homem da minha vida, que era louco por mim, e eu simplesmente o deixei ir. Ele me implorou para eu rever meus sentimentos, mas eu apenas o deixei partir, babá.

Charlot começou a chorar e não conseguiu mais parar. Jordana a abraçou forte.

— Chore, minha menina. Chore. Mas olha só... não é porque não deu certo com o Pierre que não vai dar certo com mais ninguém.

— E o que eu faço com a minha dor, que não passa?

— Aprenda a lidar com ela, vivendo um dia de cada vez. Já é o suficiente. Mas não use as suas fraquezas para se torturar, entendeu?

— Sim... mas não é fácil para mim. Eu não consigo tirar o Pierre da minha cabeça, Jordana.

— Lute, minha menina, mas não se entregue, entendeu?

— Eu acho que estou começando a entender. E quer saber? Eu acho que vou entrar e aceitar aquele café esperto!

— Que bom, minha menina!

— Sabe, Jordana, uma coisa que eu tenho aprendido é que sentimentos podem ser confusos.

— Isso mesmo. Você não é a primeira nem a última moça a passar por isso. Filha, continue de pé mesmo sangrando. Não se culpe mais e permita que esse fardo saia das suas costas. E então, só então, estará pronta para seguir em frente.

— Babá, eu sei que a mãe pediu para você ter essa conversa comigo.

— É verdade. Mas ainda que ela não tivesse pedido, eu teria da mesma forma, porque eu te amo. Agora pare de falar e coma logo esses bolinhos porque estão esfriando.

— Está bem...na verdade, eu estou mesmo morrendo de fome.

— Exatamente! E desde quando a dona Charlot recusa os meus famosos bolinhos com um café quentinho?

— Obrigada, babá. Seu afeto significa muito para mim.

— E você é como se fosse minha filha. Agora deixe de conversa e coma logo.

— Oi, mãe! Resolvi tomar aquele café esperto.

Lúcia olhou fixamente para Jordana, em um gesto de agradecimento, dando um discreto sorriso. Realmente, Lúcia tinha pedido para Jordana ter essa conversa com Charlot, pois sabia da consideração que a filha tinha pela babá.

Charlot ainda tinha muitos receios de se abrir com Lúcia, mas com Jordana as coisas se tornavam mais leves.

24

As peças vão se encaixando

Os dias passaram rapidamente e Emma chegou à Fazenda das Rosas. Charlot parecia muito melhor, estava mais serena e menos pálida. Estava até com uma corzinha em seu rosto.

— Tia! Que saudades!

— Oi, querida! Tudo bem? Olha o que eu te trouxe!

Charlot empalideceu ao ver aquele vestido preto aberto nas costas. Ela lembrou-se de Colmar e dos dias de festas da casa da sua tia.

— Você esqueceu lá, minha querida.

— Obrigada, tia. Na verdade, eu deixei de propósito, pois queria evitar certas lembranças.

Emma percebeu a tolice que havia feito e ficou sem graça.

— Me desculpe, meu amor. Eu não tive a intenção.

— Tudo bem, tia. Já passou. Estou conseguindo superar. Mas tem algo que eu realmente preciso saber.

— Pode falar, querida.

— Tia, o Pierre me procurou assim que parti?

— Desculpe, meu amor, eu sinto muito, mas eu não sei de nada.

Charlot já havia entendido que havia algo errado, mas não insistiu. Então virou-se para Emma e lhe deu um forte abraço.

— Obrigada por tudo, tia.

Emma sentiu-se envergonhada por compactuar com Lúcia. No dia em que Pierre procurou por Charlot, logo após ele sair de sua casa, Lúcia ligou e pediu para Emma guardar segredo.

Então Emma sentiu-se culpada e falou com a sobrinha.

— Espere, Charlot...sua mãe vai me matar, mas preciso falar... assim que você partiu, ele foi em casa desesperado, querendo falar com você. Eu não sei o que ele queria, mas quando eu disse que você havia partido ele saiu cambaleando, e nunca mais tive notícias dele. Perdoe-me, querida. A sua mãe achou que seria melhor assim.

— Tudo bem, tia. Eu já sabia.

— Quem te contou?

— Por acaso a senhora se esqueceu de que a mamãe só fala gritando? Um dia desses ela estava no telefone com a senhora e eu ouvi essa conversa. Mas eu não vou mais tentar interferir. Quem sabe as mesmas correntezas que me levaram para o Pierre, um dia não levem de novo? Hoje eu vivo um dia de cada vez.

— Eu estou muito orgulhosa de você, minha querida.

— E não se preocupe, esse é o nosso segredinho — falou Charlot para tranquilizar a tia.

— Muito obrigada. A Lúcia me mata se souber que te contei.

— Não se preocupe, tia. Eu conheço muito bem a dona Lúcia, afinal, ela é a minha mãe.

— Charlot, posso te perguntar uma coisa?

— Claro, tia, pergunte.

— E a Júlia?

— Tia, eu vou ser bem sincera. Eu custei para perdoar a Júlia, mas hoje eu só quero que ela seja feliz e encontre o caminho dela, mesmo que seja ao lado do Pierre.

— Querida, é preciso ter muita paz no coração para falar dessa forma.

— Sim, tia. Mas eu não faço só por ela. Eu faço por mim também, entende? Caso contrário eu é que serei infeliz.

— Você está certa de pensar assim, querida. Como te disse, estou muito orgulhosa de você.

— Bom, agora eu vou trabalhar. Mas seja muito bem-vinda, tia.

— Obrigada. E lembre-se que a minha casa em Colmar é sua também. Você pode me visitar sempre que desejar.

— Obrigada, tia. Bem, deixe-me ir. Ainda tenho que terminar uns serviços pendentes.

— Você sabe que não precisa trabalhar tanto assim, não é Charlot?

— Tia, eu sei, mas sabe que eu estou me encontrando nessa área profissional, realizando atividades como: ligar para fornecedores, separar papeladas, sei lá...meus dias estão sendo mais produtivos e passando mais rápido.

— Então vai lá, meu amor. Tenha um bom dia.

Quando Charlot ainda se despedia de Emma, sua babá entrou no quarto com uma carta misteriosa, chamando a atenção para ela.

— Espere, Charlot! Esta carta é para você e eu acho que você vai gostar — disse Jordana, com ar de mistério.

— Dê-me isso aqui, babá. Eu acho que já sei de quem é. Finalmente, lembrou-se de que eu existo!

— Espere! É de Jorge?

— Sim, tia. Mas se você não se importar, eu prefiro ler em silêncio.

— Claro que não me importo, meu amor. Vai lá. Depois me conta as novidades.

— Está bem, tia.

Charlot se retirou para o seu quarto, ansiosa por notícias de Jorge. E começou a ler a carta: *"Minha doce e insegura Charlot. É com muita alegria que lhe escrevo para lhe dar boas notícias. Em primeiro lugar, gostaria de lhe pedir desculpas pelo modo como parti, mas como você mesmo me sugeriu, precisava me dar uma chance. E por que a Itália? Na verdade,* não havia nada planejado. *Foi apenas uma oportunidade que surgiu de última hora. Mas agora venho com as boas notícias.*

Eu conheci uma garota linda e divertida. Seu nome é Cristal. Ela é incrível, sorri o tempo todo e, o mais importante, ao lado dela estou começando a sorrir novamente. Desculpe-me falar da minha felicidade com você, ainda mais sabendo o momento que está enfrentando, mas queria que fosse a primeira a saber. Espero que consiga encontrar o amor novamente. E não perca a fé*! Agora, permita-me* *te dar alguns conselhos: primeiro: viaje mais, não se dedique só ao trabalho e permita que o amor te encontre novamente. Segundo :vença as suas inseguranças para dar vida à sua voz. Terceiro: não tenha medo de errar, pois isso faz parte da vida. Quarto: aprenda com os seus erros.*

Eu ainda me lembro de quando chegamos de Colmar e você, naquela festa, com seu cabelo levemente encaracolado e ruivo e um sorriso encantador, olhou para August e disse que não queria ficar com ele. Eu não acreditei que a minha Charlot, que sempre teve dificuldades em ter a sua voz própria, em ouvir a sua própria voz, finalmente a ouviu e perdeu o medo de falar.

Sinto muito orgulho da nossa amizade.

Não perca a sua voz nem a sua fé, minha doce e insegura Charlot.

Para sempre, do amigo que te quer muito bem, Jorge".

Depois de ler a carta, Charlot sentiu um tremendo vazio, pois já não tinha certeza de que estava no caminho certo, mas também se sentiu orgulhosa de estar vencendo seus medos a cada dia. E sentiu muito orgulho, ainda, do seu amigo, e ficou feliz por ele estar, enfim, trilhando o caminho dele.

— Meu amor, você está bem? Já faz uma hora que você subiu e não desceu mais.

— Oi, tia. Pode entrar!

— Está tudo bem com Jorge?

— Melhor do que eu imaginava, tia! Estou tão orgulhosa dele. Ele conheceu uma pessoa. O nome dela é Cristal. E parece que ele está bem e feliz.

— E você? Está feliz por ele?

— Como não estaria? Agora eu sei que eu fiz a coisa certa.

— E o que ele falou para você na carta?!

— Ele falou para eu manter a fé.

— E você a está mantendo?

— Estou, tia, porque estou vivendo um dia de cada vez, mais com os olhos no futuro, mantendo a minha esperança e o meu coração no lugar certo.

— E qual é esse lugar, minha querida?

— Esse lugar, tia, é onde eu tenho guardado a esperança, junto à perseverança e a minha fé, acreditando que um dia tudo vai ficar bem.

– E vai, meu amor. E vai...

25

ENCARANDO AS CONSEQUÊNCIAS

Júlia foi diagnosticada com uma gravidez de risco, e por esse motivo, depois de algumas semanas voltou para o hospital, pois o médico preferiu que ela ficasse em observação por mais uma ou duas semanas.

— Que bom que voltou, irmão. Estava preocupado.

— Não voltei por você. Voltei por mim. Preciso falar com a Júlia.

— Calma, Pierre. Não se esqueça de que a Júlia não pode passar nervoso.

— Não se preocupe. Não vai acontecer nada com o seu filho — disse Pierre com a voz muito alterada.

Pierre foi em direção ao quarto de Júlia, nervoso e tremendo muito. Dominique achou melhor não impedir a conversa de Pierre com Júlia, pois sentia que devia esse espaço para o irmão, mas ficou muito preocupado, pois Pierre parecia muito exaltado.

Júlia ainda não sabia do desenrolar dos fatos, já que estava hospitalizada.

— Pierre, meu amor, acabei de acordar. Está tudo bem?

Júlia ainda não sabia que Pierre descobrira toda a verdade.

— Depende. A primeira notícia é que você está realmente grávida, você não estava mentindo.

— Eu te falei, amor, mas você estava duvidando de mim.

— Ah, sim. Eu te peço desculpas, amor. Jamais deveria ter duvidado da minha namorada perfeita e fiel.

Júlia achou estranho Pierre se referir a ela dessa forma, e já foi arrumando seu corpo na capa, como se quisesse se levantar.

— Agora, a única coisa que você se esqueceu de me falar é que um mês antes de descobrir que estava grávida você havia transado com o meu irmão, não é Júlia?

— O quê? Quem te falou essa besteira? Não é verdade!

— Quem me falou essa besteira foi o próprio Dominique. Inclusive, ele está aqui. Quer que eu o chame, minha futura esposa perfeita?

— Calma, Pierre. Você está nervoso.

Júlia não sabia o que falar, as palavras pareciam fugir da sua boca.

— Júlia, como você foi capaz de me manipular dessa forma? Me separar da mulher que eu amo inventando que o filho era meu? Me diga como pôde, Júlia?

Júlia percebeu que não havia mais nenhuma maneira de enganar Pierre, então, chorando, começou a falar a verdade.

— Sim, meu filho é de Dominique. Nós transamos sem nos prevenir. Você nem ao menos me tocava, e no dia em que era para acontecer algo entre nós, você dormiu em cima de mim, Pierre. Desde que virei a sua namorada, eu perdi os meus amigos e só ganhei humilhações. Como não ceder aos carinhos do Dominique, que estavam ali só para mim, enquanto os seus sempre foram para Charlot. Sim, mentir foi um ato desesperado para ter você ao meu lado, pois eu percebi que iria terminar comigo aquele dia para correr atrás de Charlot. Quando descobri que estava grávida do Dominique eu chorei muito, mas depois eu vi uma oportunidade, uma única oportunidade de tê-lo ao meu lado.

— Você é louca. E depois de casados como ia me contar que o seu filho é do meu irmão?

Sem reação, sabendo que estava errada, Júlia começou a chorar novamente.

— Escute bem — disse Pierre —, porque eu vou te falar uma única vez: não me procure mais, entendeu?

— Calma, Pierre. Não precisa gritar. E o nosso casamento, amor? — Falou Júlia, chorando desesperadamente.

— Não tem mais casamento, Júlia. Você é louca? Está grávida do meu irmão, separou-me da mulher que eu amo com suas mentiras e me pergunta de casamento? Que casamento? Faz um grande favor para mim. Some da minha vida. Você já a estragou demais.

— Espere, Pierre! Volta, Pierre! — Júlia gritava desesperada, e quanto mais alto ela gritava, mais rápido Pierre se afastava. Dominique e a equipe médica se aproximaram rapidamente do quarto de Júlia, ao mesmo tempo em que Pierre foi embora.

Dominique entrou no quarto e viu Júlia nervosa e agitada. Arrependeu-se na hora de ter deixado Pierre entrar.

— Calma, Júlia. Está tudo bem. Eu estou aqui! — Disse Dominique.

— É tudo culpa sua, Dominique! Tudo culpa sua! Por sua causa o Pierre se afastou de mim. E agora? Está feliz, Dominique?

Os médicos deram um calmante para Júlia enquanto ela ainda gritava com Dominique, e ela foi adormecendo aos poucos, com o rosto de Dominique sumindo gradativamente da sua vista.

Dominique ainda estava no hospital quando a mãe de Júlia chegou gritando pelo seu nome.

— Dominique, onde está a Júlia?

— Calma, senhora, calma. Ela está aqui, internada. Eu preciso falar com a senhora, mas você precisa se sentar e se acalmar.

— O que foi? Não me esconda nada. A Júlia está bem?

Dominique ficou pensando em como dar a notícia para a mãe de Júlia.

— Fale, menino!

— Calma, senhora. A Júlia está bem, mas eu preciso falar de algo mais delicado.

— Então fale!

— Por favor, senhora, sente.

— Pronto! Sentei. Agora fale logo, Dominique.

— Como a senhora sabe, a Júlia está grávida.

— Que boa notícia! Então ela está mesmo grávida!

Para a mãe de Júlia, a notícia da gravidez foi um grande conforto, pois, no fundo, ela temia que a filha estivesse dando o golpe da barriga em Pierre.

— Por que? A senhora tinha dúvidas da gravidez da Júlia?— Perguntou Dominique, estranhando a atitude dela.

— Não, claro que não. Continue.

— Então, logo no começo do namoro da Júlia com o meu irmão, o Pierre deixava bem claro em suas atitudes que só estava usando a Júlia para fazer ciúmes na Charlot. Teve até uma festa na casa da tia da Charlot que ele estava com a Júlia, porém não tirava os olhos da Charlot. Eu percebi o que estava acontecendo e a Júlia também percebeu, então eu fui falar para o meu irmão que eu estava afim dela, e que caso ele não a quisesse de verdade, que era para ele abrir caminho para mim.

— Eu não sabia dessa história, pois a Júlia nunca demonstrou insatisfação com o relacionamento. Se eu suspeitasse, nunca permitiria o namoro — falou Marcela, insatisfeita com aquela revelação.

— Senhora, meu irmão nunca escondeu da Júlia que amava a Charlot. Ela sabia disso e deu em cima dele mesmo assim.

— Dominique, o Pierre nunca deveria ter se aproximado da Júlia se ainda tinha sentimentos pela Charlot— disse Marcela.

— Senhora, eu não estou defendendo o meu irmão, mas a Júlia sabia de tudo.

— Dominique, onde você quer chegar? E, por favor, não me chame de senhora. Eu me chamo Marcela.

— Bonito nome. Perdoe-me. Chamei de senhora por respeito.

— Apenas continue, por favor.

— Nesse dia da festa, o meu irmão não parou de encarar a Charlot e ficou bêbado. Foi aí que eu levei a Júlia para casa e o resto aconteceu...

— Como assim? Explica melhor — falou Marcela, não entendendo a explicação rasa.

Sem graça, Dominique recontou a história, acrescentando alguns fatos:

— Nesse dia, eu levei a Júlia para minha casa, fiz um chá e tentei acalmá-la, mas ela chorava muito, então eu a beijei e, quando vimos, já havíamos feito amor.

— Espera! Vocês usaram algum tipo de proteção? Então... eu não acredito, Dominique! O que você fez? E o Pierre? Então esse filho é seu?!

"Eu não acredito. É pior do que eu imaginava", pensou Marcela, temendo por Júlia.

— Espera! O Pierre não pode saber de nada. Ele vai matar a Júlia.

— Eu já contei para ele. Porque você acha que minha boca está machucada?

— Dominique... e o casamento?

— Calma, senhora, quero dizer, Marcela...ele saiu daqui gritando que não se casará mais com a Júlia. Eu fui correndo para o quarto, mas ele já tinha ido embora.

Marcela não parava de chorar. Sentia vergonha pela atitude errada da filha. Seu temor ficou ainda pior, pois a sua filha estava grávida do irmão do noivo dela.

— E agora? E agora?

— Calma, senhora...não chora. Eu tenho uma proposta. Se você me aceitar como genro e a Júlia quiser, eu me caso com ela e tiro a vergonha que cairá sobre ela.

Marcela ficou impressionada com a atitude de Dominique. Ela não esperava por isso.

— Eu confesso que não esperava essa atitude nobre da sua parte.

— Não, dona Marcela. É minha obrigação assumir a Júlia e o meu filho. Além disso, eu a amo.

Marcela chorou ainda mais, pois sentia que Dominique realmente amava sua filha e se sentia abençoada e grata por isso.

— Tudo bem. E muito obrigada, Dominique. Muito obrigada. Você estará tirando a vergonha da nossa família. Muito obrigada.

— Não chore, senhora...

— Você já falou com a Júlia?

— Não. Ela me expulsou do quarto aos gritos dizendo que a culpa era minha e que eu não deveria ter contado para o Pierre.

Eu acho que ela ama mesmo o meu irmão. E se ela não quiser se casar comigo, ainda sim vou dar todo o apoio financeiro para ela.

— Ah, mas ela vai se casar sim. Ah, se vai! — Falou Marcela decidida, pois percebeu que com Dominique, Júlia iria ter um futuro muito melhor porque ele a amava verdadeiramente.

— Ela vai precisar de um tempo para pensar, senhora.

— Não se preocupe, Dominique. Assim que a Júlia se recuperar nós voltaremos a conversar. Obrigada, meu filho. Você vale ouro.

— Imagina, só estou fazendo o meu papel de homem. De certa forma, eu tirei proveito da situação. A verdade é que não existem pessoas inocentes nessa história, dona Marcela, apenas pessoas que cometeram erros que precisam ser corrigidos. A única vítima nessa história é o bebê da Júlia, que é o meu filho.

— Nossa, Dominique, por onde você andou? Você não existe, sabia? Tão novo e com princípios tão fortes.

— Meu pai sempre nos ensinou a assumirmos os nossos erros e não deixar nada para trás. Na verdade, o maior medo dele era que eu e meu irmão engravidássemos alguma moça e não encarássemos as consequências dos nossos atos, por isso, todos os dias, no café da manhã, ele falava que tinha orgulho de ter criado homens e não moleques, como muitos por aí. Acho que era uma forma de reforçar nosso caráter.

— E deu certo, não é mesmo? Eu já estou gostando da ideia desse casamento. Eu tenho certeza de que a Júlia e a criança vão ser muito felizes ao seu lado.

— Obrigado, dona Marcela. Eu espero corresponder às suas expectativas.

— E vai. Eu tenho certeza disso. Agora vou ver a minha filha.

— Até mais, dona Marcela. Depois eu volto para visitar a Júlia.

26

REDENÇÃO

— Doutor, com licença. Eu vim visitar a minha filha que está internada aqui.

— Qual o nome da sua filha, senhora?

— O nome dela é Júlia. Ela está grávida.

— Ah, sim. Ela está no quarto 24. Mas acabou de receber um calmante, pois estava muito nervosa e gritava muito. A visita precisa ser rápida. A Júlia está meio sonolenta, mas ela te escuta. Conversei com ela agora há pouco e vi que consegue entender o que é falado.

— Tudo bem, doutor. Neste momento eu só preciso que a Júlia me escute. Não se preocupe, eu quero vê-la rapidinho

— Venha comigo, senhora.

— Obrigada, doutor.

— Imagina. Meu nome é Joseph. Pode chamar se precisar. É esse quarto aqui, senhora. Vou deixá-la a sós com a Júlia, mas precisa ser rápido, ok?

— Claro. Obrigada.

E sentando-se ao lado da cama de Júlia, dona Marcela começa a falar:

— Júlia, minha filha, é a mamãe. Eu sei que você está dormindo, meu amor, mas eu precisava te ver. Você está bem, filha?

Júlia permanecia dormindo enquanto a sua mãe segurava suas mãos e, com algumas lágrimas no rosto, conversava com ela baixinho.

— Filha, escuta, ainda dá tempo de ser feliz, meu amor, e de fazer a coisa certa. Júlia, todos nós erramos, mas é preciso aprender com os nossos erros. Você errou quando desejou o namorado da sua amiga. A Charlot sempre te amou como uma irmã. Eu me lembro de vocês duas brincando no chão da fazenda, e ela sempre deixava você escolher as brincadeiras. Pelo visto, ela deixou o Pierre para você também, mas escuta, meu amor, ele não te ama, por isso, perdoe-se e siga em frente, meu amor. Siga em frente.

Marcela conversava com Júlia sem imaginar que a filha, na verdade, estava ouvindo tudo.

— O Dominique é um bom rapaz e ele parece mesmo gostar de você, minha filha. Ele quer assumir a criança e você também, meu amor. Não jogue essa oportunidade fora. Talvez ele seja o homem da sua vida. Eu senti isso enquanto falava com ele. Senti o respeito e o cuidado dele quando se referia a você. Valorize-se, meu amor, Valorize-se...Eu me lembro de que quando você era pequena, você falava que se casaria com um príncipe porque você era uma princesa. Você sempre falou que não aceitaria menos do que isso. Eu sentia tanto orgulho de você e de como você falava do seu objetivo. Sinto saudades dessa Júlia, sabia? Eu tinha tanta certeza de que esse príncipe apareceria, minha filha. E você sonhava com ele todos os dias, como em um conto de fadas. E eu tenho certeza de que ele já apareceu. É o Dominique, meu amor. Ele é o seu príncipe. Hoje ele me mostrou isso, eu vi a verdade nos olhos dele, coisa que há muito tempo eu não via em ninguém, nem mesmo no Pierre, meu amor. Júlia, você precisa recuperar aquela menina ousada, corajosa e destemida que havia dentro de você, ouviu, filha? Está me escutando?

Nesse momento, Júlia apertou a mão de sua mãe e disse:

— Estou escutando cada palavra, mãe, cada palavra. E quer saber? Eu concordo com cada uma delas. Mãe, eu cansei de tudo isso. Cansei das minhas mentiras e de mendigar o amor de Pierre. Se o Dominique realmente me quiser, eu me caso com ele, e estou pronta para fazê-lo muito feliz, mãe, pois a atitude dele me mostrou que ele é o meu príncipe e eu quero ser a princesa dele.

Marcela não acreditava no que Júlia estava falando. Era como se, naquele momento, acontecesse um grande milagre no coração rebelde de Julia.

— Com licença, senhora. A Júlia precisa repousar agora.

— Tudo bem, doutor. Esses foram os cinco minutos mais abençoados da minha vida.

— Mãe, muito obrigada.

— O Dominique virá te ver mais tarde. Seja gentil com ele, filha.

— Eu serei, mãe. E obrigada.

Marcela e Júlia se abraçaram e lágrimas de redenção caíram. A sorte de Júlia começava a mudar. A obsessão por Pierre estava indo embora e um novo sentimento nascia em seu coração, que também estava começando a se perdoar. Ela tinha uma dívida com Charlot, mas entendeu que precisava se perdoar para seguir em frente.

O sentimento que estava nascendo era puro e inocente, sem mentiras, raiva ou egoísmo. Júlia estava pronta para ser abençoada com um futuro que vinha com um recomeço e a promessa de um novo amanhecer.

27

A PROMESSA DE UM NOVO AMANHECER

— Boa tarde, vô!

— Dominique, meu neto, está tudo bem? E a Júlia? Está melhor? Por favor, meu neto, parece que tudo está uma loucura. O seu irmão está muito calado, e você entra e sai a toda hora. Afinal, o que está acontecendo? Desde que você e o seu irmão saíram cedo dizendo que iam levar a Júlia em uma consulta, eu não tive mais notícias.

— Vô, eu preciso falar com o senhor. Então...como eu vou lhe explicar... é uma longa história, vô. Mas, antes, o senhor precisa se sentar. A verdade é que eu transei com a Júlia quando os dois ainda estavam namorando e o filho dela é meu.

— Dominique! Você ficou louco?

— Eu sei que eu errei, mas o Pierre só estava usando a Júlia e não a amava.

— E por acaso você a ama? É melhor do que ele? O que você fez, meu neto? O que você fez? É por esse motivo que o seu irmão anda tão bravo. E agora? Como vamos consertar essa situação? Escuta, Dominique. Todos nós sabíamos que o Pierre amava a Charlot, mas ela o deixou pelo amigo dela. O seu irmão tinha o direito de tentar reconstruir a vida dele.

— Acontece, vô, que ele não estava tentando reconstruir a vida dele. Ele só queria despertar ciúmes na Charlot, então usava a Júlia. E quando eu disse que a amava, ele simplesmente falou para eu tentar a minha sorte com ela. Isso é jeito de um homem se referir a uma mulher? Ele a tratava como um objeto.

— E essa menina se sentia usada, meu neto?

— Sim. No dia em que transamos ela estava chorando porque na festa da tia da Charlot ele ficou bêbado porque não aguentou ver a Charlot com outro, e todos perceberam. Então eu fui ao quarto em que ele estava deitado, porque a situação dele era deprimente, e pedi para que ele deixasse a Júlia porque eu estava gostando dela, e ele me disse para tentar a sorte e, caso a Júlia quisesse, ela estava liberada para ser minha. E ela me quis...

— Tá bom, Dominique. O que está feito está feito. E o que você vai fazer a respeito?

— Se ela me quiser, eu me caso com ela.

— E o Pierre? Não ia se casar com ela?

— Ele saiu gritando no hospital que não vai mais se casar. E a Júlia passou mal de tanto nervoso.

— Vai atrás dele, meu filho, e converse como seu irmão. Fale de novo dos seus sentimentos pela Júlia. Ele vai entender.

— Meu filho, escuta, eu sei que as suas intenções são boas assumindo toda a responsabilidade, inclusive a Júlia, mas não se esqueça de que foi você quem errou. Ele é seu irmão e a Júlia era a namorada dele. Agora a ex-namorada dele está esperando um filho seu. Por mais errado que o Pierre estava, nessa situação, ele é a vítima. E se estivesse assim tão ruim para a moça, ela que deveria ter caído fora, não você ser o herói da situação...o Pierre pode tentar te machucar de alguma forma, pois agora ele também está ferido, pois além de descobrir a traição do irmão dele, ele também perdeu a mulher que amava para outro homem. Mas aguente firme, meu neto. E para evitar algo ruim, respeite o tempo dele. Eu sei que ele vai te perdoar. Ele te ama, é seu irmão.

— Não se preocupe, vô. Eu sei que nessa história o errado fui eu e estou muito arrependido. Eu vou lutar pelo perdão do meu irmão. Não se preocupe.

Pierre chega a sua casa e escuta Dominique conversando com o avô.

— Não precisa mais vir atrás de mim. Estou aqui e não tenho mais nada para falar com você. A partir de hoje ignore minha presença nesta casa, porque eu ignorarei a sua.

— Meu irmão, vamos conversar.

— Não insista, Dominique. Respeita ao menos a minha decisão. E quanto a você casar com a Júlia, faça bom proveito.

O avô de Dominique e Pierre entra no meio da discussão para tentar apaziguar.

— Chega! Vocês dois estão aqui, embaixo de meu teto e sob a minha responsabilidade. Cada um para o seu quarto agora!

Dominique e Pierre saem e o avô de Dominique vai atrás dele para aconselhá-lo.

— Escuta, Dominique, não vai ser tão fácil. Você vai ter que ter paciência com o seu irmão e vai ter que respeitar o tempo dele, mas não há nada, meu neto, que o tempo não cure.

— Eu vou tentar conversar com ele, vô.

— Não. É melhor dar tempo a ele. Mas eu vou tentar conversar com ele, não se preocupe. Eu sei que você ama o seu irmão e ele também te ama, só que ele está ferido e isso é muito perigoso. O Pierre foi ferido em seu orgulho, por isso dê esse tempo para ele superar.

— Tudo bem, vô. Eu entendi. Eu vou dar esse tempo a ele. Se é tempo que ele quer, é tempo que ele vai ter.

— Vô, estou indo visitar a Júlia.

— Vai lá, meu neto. E fala que mandei um abraço para ela.

— Obrigado, vô. Eu não sei o que faria sem você por perto. Me dá um abraço?

— Claro, meu neto. Você e o seu irmão sempre poderão contar comigo.

— Eu sei, vô.

Ao chegar ao hospital, Dominique estava com o coração pesado, pois precisava conversar com a Júlia. A última lembrança que ele tinha era ela gritando com ele.

— Com licença, Dr. Joseph,

— Oi, Dominique. Como você está?

— Estou bem. Eu vim visitar a Júlia.

— Claro. O horário de visitas já passou, porém vou abrir uma exceção para você. Mas precisa ser breve.

— Apenas cinco minutinhos, só para dar um oi. O horário das visitas agora é amanhã, às 10h. Daí você poderá ficar uma hora. Hoje, cinco minutos, é o máximo que eu posso fazer.

— Está ótimo, doutor. Muito obrigado.

Júlia estava acordada e Dominique não imaginava que ela já sabia das suas intenções, por isso Júlia esperava ansiosa a visita dele.

— Júlia, posso entrar?

— Oi, Dominique. Eu estava ansiosa pela sua visita. Entra.

Dominique estranhou a reação da moça. Ela estava meiga e doce. Seu semblante estava sereno e ela parecia mais calma.

— Está mais calma?

— Sim, agora estou. Obrigada por voltar mesmo depois de eu ter gritado com você.

— Eu sei que você está sob pressão e estressada por causa da gravidez. Não se preocupe. Júlia, eu queria falar com você. Eu ia esperar você sair, mas como você parece mais calma...

Júlia já sabia o que Dominique ia falar, mas ela queria ouvir dele, pois sabia que não estava apenas na frente de um homem que queria cumprir com as suas obrigações, mas diante do seu verdadeiro príncipe. E ela estava começando a sentir que gostava de Dominique, ao contrário de Pierre, por quem ela sentia apenas uma louca obsessão; ou talvez fosse apenas uma competição com Charlot, já que desde pequena era sempre ela quem escolhia as brincadeiras e Charlot sempre abria mão de tudo. Ela sentia que o sentimento que despertara em relação a Dominique era puro e verdadeiro, que ela estava amando-o de verdade.

— Júlia, eu cheguei a brigar com Pierre por sua causa porque eu gostava de você e não achava justo a forma como ele estava te usando. E hoje eu sei que eu gosto muito de você.

Então Dominique se ajoelha e tira um delicado anel do bolso. Ele era perfeito, com alguns detalhes de brilhantes.

— Quer se casar comigo e ser a minha princesa?

As lágrimas corriam pelo rosto de Júlia. As mãos de Dominique tremiam, mas ele tentava disfarçar.

— Sim! Você está me fazendo sentir verdadeiramente amada, pois eu sei que estou sendo pedida em casamento pelo meu príncipe. Eu aceito, ouviu bem? Eu aceito me casar com você!

Dominique colocou as mãos na barriga de Júlia enquanto falava:

— Eu prometo ser um bom pai e um bom marido. Eu também prometo te amar em todas as circunstâncias, e em todos os momentos, e prometo o meu respeito, a minha fidelidade e que sempre vou te proteger.

Júlia colocou as suas mãos sob as mãos de Dominique, e também fez promessas:

— E eu prometo te amar, te respeitar, não mentir e ser verdadeira em todas as circunstâncias. Eu prometo amar você e o nosso filho, ser uma boa mãe e te honrar como esposa em todos os nossos momentos.

Dominique colocou a aliança delicadamente no dedo de Júlia e a beijou, firmando seu compromisso de noivado ali, no hospital. Algumas enfermeiras passavam e, emocionadas, paravam para olhar pela pequena vidraça. Elas sabiam que Dominique já ultrapassara os cinco minutos dados pelo médico, mas fingiam não saber para contemplar o casal um pouco mais.

Então o doutor Joseph entra interrompendo o precioso momento.

— Com licença. Desculpe interromper, mas a visita acabou há 25 minutos. Amanhã poderá ficar uma hora com a mocinha se chegar no horário, ok?

Dominique deu uma leve tossida, pois viu algumas enfermeiras sorrindo na janela e ficou um pouco sem graça.

— Claro, doutor. Eu já estava de saída.

O doutor Joseph viu a aliança no dedo da Júlia e não resistiu em fazer um comentário:

— Vejo que vai haver casamento! Eu quero um convite!

Dominique e Júlia sorriram, e ela disse:

— Com certeza você será convidado. Você e as enfermeiras ali, sorrindo na janelinha.

Elas ficaram sem jeito e saíram, ainda com o sorriso no rosto.

Dominique levantou-se e foi para casa, com muitos temores em seu coração. Ele estava feliz por Júlia ter aceitado o seu pedido de casamento, mas havia Pierre. Ele achava que seu irmão jamais o perdoaria.

Pierre sempre foi muito rigoroso, desde pequeno gostava das coisas muito certas. Com certeza, a sua traição não era uma coisa pequena a ponto de ele esquecer. Dominique o amava muito e a culpa estava deixando-o triste, porém ele estava decidido a fazer Júlia feliz e não levar qualquer tipo de chateação para ela, principalmente porque ela estava com seu filho na barriga.

Quando Dominique chegou em casa, Pierre encarou-o como se quisesse arrumar uma briga, mas seu avô chamou-o e perguntou muito curioso.

— Filho, vocês conversaram?

Dominique abriu um sorriso tão expressivo que seu avô já deduziu o que havia acontecido.

— Eu a pedi em casamento e ela aceitou. Aceitou! E trocamos nossos votos lá mesmo, no hospital. E estamos noivos!

— Noivos? Por acaso já deu uma aliança para moça, meu neto?

— Sim. Eu comprei antes de ir e serviu certinho. Ela amou.

— Parabéns, meu neto! Eu te dou a minha benção, apesar dos pesares e das circunstâncias em que esse noivado aconteceu. Eu espero que você seja muito feliz.

— Obrigado, vô. Eu precisava disso. E Pierre? Como ele está?

— Filho, seu irmão passou o dia inteiro com a cara virada. Nem comigo ele quer falar. Seu irmão precisa de tempo.

— Eu sei. Por esse motivo eu não vou lá. Se o senhor não se importa eu vou para o meu quarto. Estou feliz e não quero estragar isso com a cara feia do Pierre.

— Vai lá. Eu vou tentar falar com ele. Ele precisa se abrir para tirar do peito toda a raiva que ele está sentindo.

Dominique foi se deitar. Apesar de tudo, ele estava muito feliz com aquele dia.

— Pierre, meu neto. Eu preciso muito falar com você.

— Por quê? Vô, o senhor está do lado do meu irmão?

— Não. Eu estou do lado dos dois porque eu amo os dois. É verdade, eu não nego. Eu não posso virar as costas para o seu irmão, mas também não vou virar para você. Eu sei que seu irmão te magoou, mas você também não o magoou? Pense nisso também.

— Desculpe-me, vô. E o respeito muito, mas esse assunto só diz respeito a mim, e eu não quero mais falar sobre isso.

— Tudo bem, meu neto, você está no seu direito, mas lembre-se que Dominique é seu irmão. Ele se arrependeu do que fez e a sua frieza está machucando-o muito. Todos merecemos uma segunda chance. Perdoar é divino, meu neto. Não deixe o seu coração se fechar.

— E quanto a mim? E quanto à traição dele? E quanto aos meus sentimentos? — Perguntou Pierre ao seu avô.

— Sim, você está certo de ficar bravo com o seu irmão. No seu lugar eu também estaria, mas ele ainda é seu irmão Dominique, porém não insistirei. Apenas reflita por mim. E também coloque a mão na consciência. Ele errou, mas está arrependido. E todos nós merecemos uma segunda chance nesta vida.

— Tudo bem, vô. Não se aborreça mais. Eu vou pensar, está bem? Mas eu te peço que me dê um tempo. Não quero mais falar sobre isso. Eu só quero esquecer que fui feito de idiota pela minha namorada e pelo meu irmão.

O avô de Dominique e Pierre se afastou em silêncio enquanto Pierre perdeu-se em suas próprias mágoas. Seu coração estava muito machucado e ele precisava de tempo para lidar com tudo isso. E seu avô sabia que seu neto ainda não estava preparado para perdoar o irmão.

28

PREPARATIVOS PARA O CASAMENTO

— Júlia, está pronta?

— Hoje você terá alta!

— Eu não vejo a hora de sair e começar os preparativos para o nosso casamento. — Disse Júlia a Dominique.

— Sim, amor. E você pode prepará-lo como quiser.

— Amor, eu queria casar na praia. Que tal? Um casamento ao ar livre.

— Seria interessante, assim eu já fugiria pelo mar.

— O quê? Seu...

— Estou brincando. É lógico que eu não fugiria. E amarraria você a mim até o casamento para você não fugir também.

— Você é tão lindo, meu amor... às vezes parece que eu estou sonhando. E pensar que eu achava que amava o Pierre. A verdade é que eu não sabia o que era o amor, mas ao seu lado estou descobrindo. Falando nisso, como está o seu irmão? Você falou com ele sobre nós? Ele está com muita raiva?

— Júlia, o meu irmão nem olha na minha cara. Eu já tentei conversar com ele, mas ele me ameaça com o olhar o tempo todo. Na verdade, agora eu estou evitando a presença dele.

— Ele não irá ao nosso casamento, amor?

— Meu irmão está com muita raiva da gente e está se sentindo humilhado e enganado. A verdade é que só o tempo fará o Pierre voltar atrás.

— Amor, não é justo. E porque tanto drama do Pierre? Ele nem gostava de mim. Eu vou falar com ele.

— Não, Júlia. Você está grávida e ele pode te ofender, daí vai ser pior porque eu não vou gostar. Vamos dar o tempo que ele precisa para pensar.

Júlia ficou indignada com o jeito que Pierre estava conduzindo aquela situação. Ele nem gostava dela, o amor da vida dele era a Charlot, então porque ele estava condenando o irmão daquela forma? Seria simplesmente orgulho?

Então ela decidiu que iria falar com o Pierre mesmo sem o consentimento de Dominique, pois também se sentia responsável por tudo o que estava acontecendo. Ela sabia que Dominique amava muito o irmão e o desprezo dele estava matando-o aos poucos.

— Com licença!

— Pode entrar, doutor Joseph! — Falou Júlia feliz, pois sabia que ia ter alta e sairia de mãos dadas com Dominique.

— Júlia, você está de alta. Está se sentindo bem? Fizemos o ultrassom e está tudo bem com a criança, então não se preocupe. Só evite chateações, tá bom, mocinha?

— Está tudo ótimo, doutor. Estou me sentindo ótima. Aliás, nada de chateações, só um belo casamento para preparar!

O doutor Joseph sorriu.

— E não se preocupe, mandaremos o convite. Inclusive para as enfermeiras —disse Dominique sorrindo.

— Ficaremos esperando o convite! — Falou o médico. — Dominique, qualquer dor ou incômodo que sentir traga essa mocinha para cá, tudo bem?

— Claro, doutor. Muito obrigado por tudo.

— E agora, amor? Quer ir para algum lugar em especial?

— Não, Dominique. Leve-me para casa .Eu tenho um lindo casamento para preparar.

E Júlia preparou tudo. Ligou para os fornecedores, para o buffet, e em um lugar especial para encomendar os docinhos, muitos docinhos. E como ela sempre gostou muito de chocolate abusou bastante nessa parte. Em pouco tempo estava tudo certo. Dali a um mês seria a data mais importante da vida dela, o seu casamento, e para a alegria de sua mãe estava absolutamente perfeito. O vestido era lindo, um belíssimo tomara que caia com muitos detalhes em renda branca. Mas apesar de todos os preparativos para esse dia especial estarem todos prontos, para Júlia ainda faltava algo. O coração de Dominique estava vazio, ele precisava do perdão do irmão.

29

SÓ FALTA VOCÊ

— Filha, o seu café.

— Mãe, obrigada, mas hoje eu estou muito enjoada, não está descendo nada. Eu vou sair. Ainda preciso confirmar algumas coisas para o casamento.

— Júlia, você precisa repousar.

— Mãe, eu já falei que estou grávida e não doente. E eu preciso mesmo sair.

— E o Dominique, Júlia? Não virá hoje?

— Não. Hoje ele tem uns assuntos importantes para tratar, então vou aproveitar que ele não vem e vou resolver alguns problemas.

— Tudo bem, filha. Mas coma algo antes.

— Tá bom...vou tomar um pouco do suco se te deixar mais confortável.

Naquela tarde, Júlia estava decidida a se encontrar com Pierre. Ela precisava falar com ele, mesmo que Dominique reprovasse a ideia. Era algo que ela sentia que precisava fazer.

— Já vou, mãe. Beijos.

— Beijos. E não se demore.

Mesmo sentindo receio de encontrar com Dominique, Júlia vai até a casa dele para tentar falar com Pierre. Já que a vida estava lhe dando uma oportunidade de um recomeço, porque não tentar recomeçar da forma certa?

Júlia bate na porta, tremendo e confiante ao mesmo tempo.

— Pierre, atende a porta, por favor? Estou ocupado — pediu o avô.

— Sim, vô.

E quando Pierre abriu a porta, seu rosto ficou pálido ao ver Júlia bem ali, na sua frente. E ao ver a barriga dela, logo lhe bateu um grande extinto paternal, embora não sendo seu bebê.

— Tudo bem, Pierre?

— Júlia, o meu irmão não está.

— Eu não vim falar com o seu irmão, mas com você.

— Júlia, eu não tenho nada para falar com você. Inclusive, no hospital eu pedi para que não me procurasse mais, lembra?

Júlia se irritou com o desprezo e a frieza das palavras de Pierre.

— Escuta aqui, seu mimadinho. Você vai me ouvir. Tudo isso é culpa sua. Você sabe porque eu vim parar na sua casa aquela noite com Dominique. Sim, você sabe. Por acaso não era você que se dizia meu namorado, mas não tirava os olhos da Charlot? E por acaso isso não é traição? Ou para você traição é somente o ato em si?

— Escuta, Júlia...

— Escuta você, porque eu ainda não terminei. Eu sei que eu errei porque gostei de você ainda quando estava namorando a Charlot, mas eu sofri, paguei meu preço. A sua falta de amor já foi mais do que um castigo para mim. Pierre, todos erraram, todos temos culpa. E para você também existe uma possibilidade de recomeçar. Procure a Charlot e fale dos seus sentimentos

— Eu não posso, Júlia, e sabe por quê? Porque por causa das suas mentiras ela foi embora para o Brasil.

— Eu não sabia...mas tudo bem, vai atrás dela, dê a volta ao mundo se necessário. Vamos todos nos perdoar e tentar ser felizes. Eu descobri que amo o seu irmão. E nenhum homem nunca me tratou com tanto carinho como ele me trata. Eu estou muito feliz. Vá atrás da sua felicidade também. Eu te perdoei pela forma como me tratava quando estava perto da Charlot. Será que você não pode deixar o seu orgulho de lado e nos perdoar também para podermos seguir em frente como uma família, Pierre? Hoje temos a chance de um recomeço e isso basta, ou deveria bastar. O que você quer? Ficar com essa mágoa para o resto da vida?

— E o que você quer que eu faça, Júlia? Simplesmente esqueça?

— Sim, porque você não é perfeito e também me magoou, está magoando seu irmão e seus avós e vai acabar magoando esta criança também. Apenas reflita e coloque a mão na consciência. Perdoe e apareça no nosso casamento. Este é o convite. Queria te dar pessoalmente.

Os avós de Pierre escutaram a conversa e ficaram felizes com a visita e as palavras de Júlia, pois Pierre ficou sem reação diante da moça. "Agora ela pegou ele de jeito", pensou Nathan, junto a Amelie, atrás da porta.

— Eu já vou. E não se preocupe em falar para o Dominique sobre a minha visita. Eu mesma falo. Meu casamento vai começar sem mentiras e espero que seja assim até o fim.

— Não se preocupe, Júlia. Não tenho intensão em estragar o seu casamento. Mas não insista mais comigo com essa história, por favor. Eu já tomei minha decisão.

— Eu imaginava. Você não passa de um orgulhoso. Espero que não se arrependa de continuar com esse coração tão duro. Até mais.

Júlia saiu apressadamente, com medo de dar de cara com Dominique. Ela ia falar para ele, mas tinha receio de que se Dominique a encontrasse ali entendesse tudo errado. Já os avós de Pierre e Dominique sentiram orgulho da atitude de Júlia. "A moça tem mesmo coragem", pensaram eles.

— Mãe! Cheguei!

— Júlia! Que bom que chegou! Seu noivo está na sala te esperando.

O coração de Júlia saltou, pois sabia que Dominique ia perguntar onde ela estava.

— Oi, amor. Tudo bom? Faz tempo que chegou?

— Já faz uma hora Júlia. Sua mãe falou que você tinha saído para resolver uns problemas. Está tudo bem?

A mãe de Júlia passava toda hora para ver se escutava alguma coisa e Júlia começou a se sentir incomodada, pois aquele era um momento apenas deles.

— Caso não se importe, podemos conversar na pracinha aqui perto de casa?

— Claro, vamos — respondeu Dominique desconfiado.

Ao chegarem na pracinha, Dominique já foi logo falando:

— Pronto, amor, pode falar. Está tudo bem?

— Está sim, mas não briga comigo, ok? Eu fiz uma coisa que você pediu para eu não fazer.

O coração de Dominique acelerava à medida que Júlia contava.

— Como pôde ser tão imprudente, Júlia? Você está grávida e não pode ficar nervosa. E se o Pierre se irritasse ou te ofendesse?

Dominique ficou vermelho e suas mãos suavam de nervoso.

— Calma. Olha para mim e escuta, Dominique. Seu irmão não me ofendeu e me ouviu até mais do que eu imaginei que ele faria. Está tudo bem, amor, não se preocupe. Ele foi até um cavalheiro, me escutando, apesar das circunstâncias.

Dominique passava as mãos no cabelo enquanto Júlia falava. Esse era um dos vícios dele quando ficava nervoso. Mas aos poucos ele foi se acalmando.

— E qual foi a palavra final dele? Espera! Eu adivinho. Ele disse que não se importa, certo?

— É, mais ou menos. Mas, amor, você não vê? O Pierre ter me escutado já é o primeiro passo. Se queremos ser uma família, a benção do seu irmão também é importante, e hoje eu senti que seu irmão está amolecendo.

— Júlia, não perca seu tempo com Pierre. Ele é muito orgulhoso. Desde criança é assim. Mas tudo bem, amor, eu não vou me irritar mais. A sua boa intenção para mim já basta. Agora vem e me abraça.

— Amor, já está tudo pronto para o nosso grande dia!

— Eu sei, Júlia. E não vejo a hora de ser seu esposo. Eu te amo.

— Também te amo.

30

Hoje seremos um só

— Filha, você está realmente linda com esse vestido.

— Sim, mãe. E estou me sentindo uma verdadeira princesa. Dá para ver muito a barriga?

— Júlia, quase não se nota a barriga. A costureira foi excelente. E quem pode te julgar, filha? Não existe ninguém perfeito. Hoje é o seu grande dia e nada mais importa.

— Obrigada, mãe. Eu estou nervosa. Hoje, finalmente, vou conhecer os pais de Dominique. E se eles não gostarem de mim?

— Você ama o filho deles, então eles gostarão de você, Júlia. Não se preocupe! Preocupe-se com você e tudo irá se encaixar.

Júlia estava linda com seu cabelo preso em uma tiara de diamantes. O vestido era branco com detalhes em renda e muitas pedrarias, e disfarçava um pouco a barriga. Ela estava espetacular.

— E os convidados? — Perguntou Júlia.

— Já chegaram todos. Inclusive seu noivo. Vamos?

— Vamos, mãe.

Júlia chegou ao seu destino, uma praia linda. A areia estava coberta de flores, e lá estava Dominique, em seu smoking preto muito elegante. Seu rosto tinha duas expressões opostas ao mesmo tempo. A primeira era a de um homem feliz, com o seu sorriso incomparável; a segunda era certa tristeza pela falta de Pierre, pois seu irmão era, de fato, muito importante para ele.

Júlia saiu do carro com o seu longo vestido e a música começou a tocar. Conforme ela passava, os convidados falavam do quanto ela estava linda.

— Estão todos aqui? Podemos começar? — Perguntou o pastor, ansioso para dar a sequência ao casamento

— Sim, estão todos — disse Dominique, mesmo sabendo que faltava alguém importante para ele.

E quando o pastor começou a falar, os olhos de Dominique se encheram de brilho. Lá estava Pierre, saindo do carro em seu terno azul e indo em direção ao irmão. O coração de Júlia começou a bater rapidamente. "O que será que Pierre pretende?", pensou.

Júlia começou a passar as mãos em sua barriga, a mãe de Júlia começou a se abanar com seu leque florido, e os pais de Pierre e Dominique não estavam entendendo nada, pois tinham acabado de chegar. Inclusive, tinham sido pegos de surpresa a respeito da gravidez de Júlia e o pedido de casamento. Porém, apesar de tudo, o pai de Dominique olhava orgulhoso, pois lembrava-se do quanto havia ensinado aos seus filhos a serem homens de bem e honestos. Ele não sabia se Dominique amava Júlia, mas sabia que ele estava ali, assumindo as suas responsabilidades como homem, e isso já era motivo suficiente para o casamento.

Pierre caminhou até o altar, interrompendo o pastor. Ao chegar perto de Dominique, puxou-o para si e o abraçou, dando-lhe sua benção. E segurando as mãos de Júlia e de seu irmão, desejou-lhes toda a sorte e toda a felicidade que poderiam ter.

Júlia e Dominique ficaram emocionados. Apesar de algumas pessoas não saberem do que havia acontecido, todos ficaram comovidos com a cena, incluindo o pastor.

— Seja feliz, irmão. E você também, Júlia. E cuidem dessa criança e ensinem tudo a ela com amor.

— Sim, eu ensinarei. E obrigada por ter vindo.

— Como eu não viria? É o casamento do meu irmão! Eu o amo e não poderia faltar.

Dominique abraçou Pierre ainda emocionado. O pastor apenas contemplou com alegria o que parecia ser um momento de reconciliação de família, sem interromper. E então, mudou um pouco o tema do discurso, falando também de perdão. Ele disse que para se seguir em frente é preciso perdoar e que a maior prova de amor de uma pessoa para a outra é o perdão.

— Com certeza, se hoje faltava alguma palavra de benção vinda de mim, você acabou de completá-la, meu jovem. É preciso coragem para fazer o que você fez hoje. Parabéns! — Falou o pastor para Pierre.

— Imagina. Eu só fiz o que eu precisava. Por favor, continue pastor.

E assim, o pastor terminou seu belo discurso, desejando muitas bênçãos ao casal. Realmente, um dia memorável para Júlia e Dominique. Ao final do discurso, algumas pessoas ainda enxugavam as lágrimas, inclusive os pais e os avós de Pierre e Dominique. Já a mãe de Júlia, emocionada, chorou do começo ao fim da cerimônia.

Entre os convidados, estavam no casamento Sofia e Liliane, o doutor Joseph e as enfermeiras que estavam presentes no dia em que Dominique pediu a mão de Júlia. A mais chorona das enfermeiras era a Betty, e o doutor Joseph não sabia se assistia ao casamento ou se consolava Betty.

O dia estava ensolarado e perfeito. Os pais de Pierre logo ficaram sabendo do ocorrido, mas não julgaram nem Dominique nem Pierre. Apenas os abraçaram e decidiram ficar até o nascimento da sua neta, ou neto.

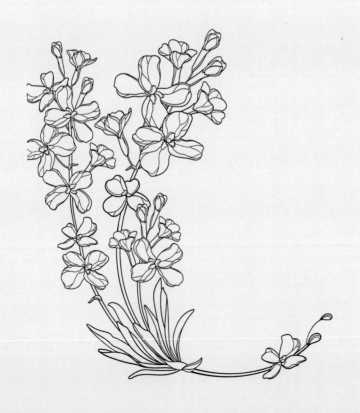

31

E A NOSSA ALEGRIA SE COMPLETA

Finalmente, chegou o grande dia. Júlia correu para o hospital com Dominique, que estava mais nervoso do que ela. E eles tiveram uma linda filha, que ganhou o nome Isis. Os avós de Dominique e Pierre, junto à mãe de Júlia e os pais de Dominique, não queriam mais sair do lado da bebê. Ela pesava quatro quilos e era a cara do pai.

— Parabéns pela sua filha, papai!

— Obrigado, irmão. Para mim é muito importante que esteja aqui hoje.

— Eu sei. Na verdade, eu só estava esperando sua filha nascer. Estou indo embora de Colmar. Resolvi ir atrás da mulher da minha vida.

Dominique dá um grande abraço em Pierre comovido.

— É isso mesmo, irmão. Lute por quem você ama e seja feliz. Você merece de verdade.

— Obrigado, irmão. Agora posso segurar a Isis?

— Claro, titio. Segura sua sobrinha!

— Ela é linda, mano. Parabéns.

— Pierre, antes que eu me esqueça, a Júlia pediu para falar com você. Não se esqueça de dar um pulinho no quarto onde ela está internada.

— Já vou. Só mais um pouco. Deixe-me curtir minha sobrinha um pouco mais.

E então, Pierre foi ao encontro de Júlia. Ele estava muito feliz por ser tio.

— Com licença. Posso entrar?

— Entra, Pierre!

— E como você está, mãe?

— Estou aqui, como quem acabou de ter um filho! — Sorriu Júlia, e também Pierre.

— Meu irmão falou que você queria falar comigo.

— Sim. Eu queria te agradecer por ter colocado o seu orgulho de lado e nos ter dado uma segunda chance. Nossa família não seria a mesma sem você, Pierre. Obrigada.

— Júlia, você não tem que agradecer. Na verdade, as suas palavras entraram no meu coração aquele dia. Eu não queria dar o braço a torcer, mas eu sei que não agi como homem quando estava com você. E te beijava pensando na Charlot. Assim era a minha vida naquela época. Me perdoa. Eu também não fui honesto com você.

Júlia segurou firme as mãos de Pierre e falou:

— Escuta, todos nós erramos, mas também aprendemos com os nossos erros. Ainda não é tarde para você irá trás dela. Eu tenho certeza de que ela é a sua escolhida e é a única que pode te fazer feliz de verdade.

— Eu estava falando agora com o meu irmão. Eu só estava esperando essa princesinha nascer. Partirei daqui a três dias. Eu vou atrás dela. Já peguei o endereço com a tia dela e a fiz prometer que não contaria nada. Charlot não está esperando a minha visita e eu implorei a Emma para guardar segredo.

— Que bom Pierre! E eu queria te pedir uma coisa.

— Claro, pode pedir.

— Quando estiver com a Charlot, fala que eu peço o perdão dela. Diga a ela que eu sinto muito por tudo e que eu me arrependi de verdade, por ter me metido entre vocês dois. Eu não espero que ela me perdoe, mas mesmo assim, por favor, leva meu pedido de perdão com carinho para ela.

— Não se preocupe. Como você disse, todos nós erramos. Eu falarei com ela. Agora eu preciso ir. Ainda tenho que terminar de acertar as coisas da viagem.

— Boa viagem. E manda notícias...

— Na verdade, eu quero mais do que mandar notícias. Eu quero voltar de braços dados com a mulher que amo.

— Seria maravilhoso, Pierre. Eu estou torcendo por vocês. Faça uma boa viagem.

— Eu estou sentindo que farei! Obrigado, Júlia. Dá um beijo na Isis e cuida do meu irmão. Adeus — disse Pierre.

— Adeus não! Até breve. E sucesso na sua busca.

— Valeu!

32

VAMOS TOMAR UM SORVETE?

— Charlot, chegou carta para você!

— Oba! Dá aqui, babá. Daquela vez que a minha tia Emma veio nos visitar era de Jorge.

— E é do danado do seu amigo de novo! Toma.

— Vou para o meu quarto para ler e depois conto as novidades, está bem?

Jordana, curiosa com que Jorge havia escrito, não gostou muito, mas resolveu conter a curiosidade.

— E deixa de ser curiosa. E não adianta fazer essa carinha. Já disse que depois eu te conto.

— Está bem...se não tem outro jeito.

— Não tem não. E deixe de ser curiosa, dona Jordana!

— Eu? Curiosa? A dona Lúcia já teria lido essa carta antes de você. Eita! Preciso falar baixinho, porque se a sua mãe me escuta, ai, ai...

Charlot riu com Jordana, pois, no fundo, elas sabiam que era a mais pura verdade.

— Exatamente. Então me deixa ler logo a minha carta porque sou eu quem já não está aguentando de tanta curiosidade.

Charlot foi para o seu quarto e fechou a porta. Ela começou a ler a carta lentamente, aproveitando aquele pequeno momento, pois sentia muita falta de Jorge.

"Querida amiga Charlot,

É com muita felicidade que eu te escrevo novamente, e agora com uma notícia ainda melhor. Vou me casar daqui a três meses. É, estou noivo!

Não se preocupe, eu não a engravidei. Eu descobri o amor novamente e ela me disse que também me ama muito, então resolvemos selar essa união com a bênção de Deus. E eu quero te convidar para esse dia tão especial. Eu me casarei aí no Brasil, pois quero estar junto aos meus amigos e familiares, e gostaria que estivesse presente como minha madrinha.

Sem mais, um amigo que te adora muito, Jorge".

Charlot sai do quarto quase sem fôlego.

— O que foi, menina? — Perguntou Jordana assustada.

— Meu amigo vai se casar e me convidou para ser madrinha!

— Não acredito! Sério, minha menina? Mas isso é maravilhoso! O Jorge finalmente encontrou o caminho dele!

— O que é isso, menina? Não me diga que são lágrimas caindo pelo seu rosto!

— Eu estou tão feliz por ele, Jordana! Mas confesso que isso me fez lembrar do Pierre, que a essa altura já deve estar com seu filho nos braços e casado com a Júlia.

— Minha menina, não se preocupe. Você vai encontrar o amor novamente, assim como seu amigo Jorge encontrou.

— Pode ser. Eu é que sou uma bobona. O que importa é que daqui a três meses o Jorge estará chegando. E eu já estou ansiosa para conhecer a esposa dele. Será que ela é bonita, babá?

— Minha menina, se ela é bonita eu não sei, mas eu desejo que ela o faça muito feliz. Eu sempre soube que quem se casasse com Jorge seria muito feliz, pois ele é um menino de grande caráter.

— É verdade, babá. Assim que eu pedi para ele se afastar, ele o fez imediatamente. E eu acredito que é por isso que as coisas boas aconteceram para ele, porque ele, em nenhum momento, forçou a barra comigo. Bom, vou tomar um banho e depois dar uma volta na fazenda para refletir.

Nesse dia algo muito especial ia acontecer. Todos na casa sabiam da chegada de Pierre, mas dona Emma implorou segredo. Seria uma surpresa muito especial. A babá mal se aguentava e por duas vezes quase falou da chegada de Pierre, mas se conteve.

Enquanto isso, em Colmar, a tia de Charlot pensava: "Quem disse que Colmar não é a cidade dos desejos realizados? Eu daria qualquer coisa para ver a cara da minha sobrinha quando Pierre chegar na fazenda".

Charlot saiu do banho e colocou um vestido estampado solto e meio curto. E com o cabelo ainda molhado, com um creme com cheiro de orvalho, ela desceu a escada e foi em direção ao portão da fazenda. Ela ia fazer uma caminhada sem direção certa.

— Estou indo, babá. Fala para minha mãe que eu volto mais tarde, pois hoje eu vou dar uma volta e comer fora.

— Vai lá, minha menina. Eu tenho certeza de que hoje o dia vai ser inesquecível.

— Hã?

— Quer dizer, ótimo. Só isso...

Charlot sentiu firmeza nas palavras de sua babá e disse:

— Eu acredito, babá. E quer saber, eu não duvido mesmo. Para quem acredita em milagres tudo é possível. E eu acredito. Beijos! Estou indo.

"É, minha menina...hoje, com certeza, é um daqueles dias em que milagres acontecem e orações são ouvidas", pensou Jordana.

Charlot ia em direção ao portão quando escutou alguém falando. Ela deixou sua bolsa cair, pois não acreditou na seme-lhança da voz que estava ouvindo.

— Charlot, você está linda!

Charlot virou-se rapidamente. Sua face empalideceu e suas mãos ficaram trêmulas, pois diante dela estava o homem da sua vida, Pierre.

— É você mesmo? Ou é só o meu coração me pre-gando uma peça?

— Sou eu, o homem que te ama. Vim de Colmar somente para te encontrar.

O coração de Charlot batia muito rápido e quando estava indo em direção aos braços de seu amado, lembrou-se de Júlia.

— Eu não posso, Pierre. Nós dois sabemos que você dei-xou uma esposa e um filho naquele lugar tão lindo em que eu te conheci, lá em Colmar.

— Minha querida, eu tenho ao meu lado as pessoas que eu amo e elas podem confirmar a verdade. A Júlia mentiu. Ela estava grávida sim, mas o filho não era meu, era do meu irmão. E ela teve uma filha linda, seu nome é Isis. E ela me pediu para te dizer que quer o seu perdão.

Charlot correu em direção aos braços de Pierre, mal acreditando no que estava ouvindo. A vida estava lhe dando uma segunda chance. Ela o abraça forte, muito forte.

— Eu te amo, Pierre. Eu te amo.

— Eu também, meu amor. E eu vim aqui porque não sei mais viver sem você. Eu não quero outra mulher na minha vida. Eu só quero você, meu amor.

"Será que eu estou sonhando? Não é possível", pensou Charlot.

— Eu não acredito que você está bem aqui, na minha frente, Pierre. Eu sonhei tanto com este momento.

— Venha, meu amor. Segure em minhas mãos. Quero te convidar para tomar um sorvete. Você aceita? — Falou Pierre, lembrando-se do seu avô.

— É claro que eu aceito, meu amor. Vamos!

Na sorveteria, Pierre escolheu um belo sorvete de chocolate para ela.

— Eu não consigo parar de sorrir, meu amor. Você está mesmo aqui? — Falou Charlot, perguntando-se se não era um sonho, do qual ela não queria acordar.

— Ai, Pierre...eu mordi uma coisa dura.

— Espera. Deixe-me ver.

Então Pierre tirou o objeto duro do sorvete de Charlot e sem que ela se desse conta, ele ajoelhou-se ali mesmo, na sorveteria, e a pediu em casamento.

— Charlot, meu amor, você me aceita na sua vida como seu companheiro, nos bons e nos maus momentos? E também nas minhas chatices? Eu te amo e já não sei mais viver sem você. Casa comigo?

Charlot só chorava e, com os lábios trêmulos, ela disse:

— Sim!

As pessoas ali presentes aplaudiram aquele jovem corajoso, ajoelhado ali, diante de todos. As moças da cidade comentavam entre si que ele era um sonho, lindo e romântico.

Pierre colocou a aliança no dedo de Charlot, uma aliança linda. Então pegou a mão dela, ainda suja de sorvete, e eles caminharam de volta para a fazenda.

— Para onde você está me levando, Pierre?

— Para a casa de seus pais, pois quero conhecer meus futuros sogros.

Charlot aproveitava cada minuto ao lado de Pierre.

— Por que me olha tanto, amor?

— Eu não me canso de olhar para você, meu amor. Eu esperei muito por este dia. Eu pensei que fosse morrer com a sua ausência.

— Eu também, meu amor. Eu te amo muito. Eu trabalhei como uma doida só para não pensar em você, Pierre.

Eles pararam na frente da porta da casa de Charlot, ela pegou a chave da bolsa e, ao abrir a porta...

— Parabéns para a mais bela noiva! — Todos gritaram.

Estavam ali a dona Lúcia, seu Rubens, Jordana, seu Tobias e sua família, e os outros empregados da fazenda.

— Vocês me enganaram! — Falou Charlot, emocionada.

— Sim, meu amor. É verdade que te enganamos. Mas a culpa é do seu noivo. Ele entrou em contato com a sua tia Emma e pediu para que guardássemos segredo

— Mãe, eu não acredito! E há quanto tempo vocês já sabiam?

— Há duas semanas. Olha, foi difícil, viu. A vontade que a dona Lúcia tinha era contar tudo — contou Jordana.

— É verdade! Foi um sacrifício guardar segredo, meu amor — disse dona Lúcia, muito emocionada.

— Bom, hoje o grande dia é de vocês, noivinhos. Vamos dar uma grande festa de noivado! Já está tudo preparado. E para começar, um belo almoço — falou Lúcia, comovida por ver sua filha tão feliz.

— Filha, vem comigo. Eu tenho algo para você. Eu sei que a sua tia tinha lhe dado lindos vestidos e até trouxe para o Brasil de Colmar, mas como eu já estava sabendo do seu noivado, eu corri e comprei este vestido para você.

— Mãe, é lindo...

— Sim. É para o seu noivado .Como hoje é um dia muito especial eu queria que usasse.

— Claro, mãe. Como não usaria? Ele é lindo!

O vestido era elegante, de alcinha, todo branco, com um bordado discreto. Não era colado ao corpo, era um vestido mais solto, que deixava os movimentos de Charlot mais leves. Era realmente lindo. Dona Lúcia mandou fazer o vestido especialmente para esse grande dia.

A noite chegou e, como sempre, aquele doce cheiro de orvalho e as estrelas brilhando intensamente. Os convidados foram chegando e, um a um, iam tomando o seu lugar na festa, a mais importante de Charlot, o seu noivado.

August também chegou, meio sem jeito. As moças da cidade ficavam comentando o quanto o noivo de Charlot era bonito e ficavam ainda mais assanhadas diante do fato de ele ser estrangeiro. Já August olhava Charlot naquele vestido branco que combinava tanto com ela, e sentiu o quanto foi idiota de deixá-la escapar no aniversário de 18 anos dela.

Charlot dançava sob o luar, feliz, e de repente lembrou-se de Jorge e de que em sua última festa dançou nos braços dele. "Espero que esteja feliz, meu amigo, onde quer que esteja agora, porque eu estou muito feliz", pensou ela, com sua cabeça nos ombros de Pierre. E a noite terminou com Charlot nos braços de seu amado. E ela havia aprendido a lição, nunca mais o deixaria escapar ou abriria mão dele, por ninguém. Usaria a sua voz para defender os seus interesses e quem ela amava.

— E quando vai ser o casamento, patroinha? — Perguntou Tobias, chamando atenção de todos na festa, que pararam para escutar a resposta.

— Vai ser daqui a três meses. Pode ser, amor?

— Você que manda, minha querida e doce Charlot.

— Então teremos dois casamentos! O seu e o de Jorge! — Disse Jordana, feliz com a novidade.

Pierre se surpreendeu com a notícia do casamento de Jorge e ficou feliz por saber da história por Charlot, que lhe contou tudo pacientemente, inclusive o quanto ela tinha sofrido e relutado em acreditar no amor novamente.

— Que bom que você não perdeu a sua fé, meu amor, e não se envolveu com mais ninguém — falou Pierre, sentindo-se honrado com o amor de Charlot.

No dia seguinte, Pierre se despediu de Charlot, pois precisava voltar para Colmar, pois queria avisar a todos sobre o seu casamento.

— Tem certeza que tem que ir, amor?

— Eu preciso ir, Charlot. Se vamos nos casar em três meses preciso trazer a minha família. Esse é um grande dia na vida de um homem também.

— Pensa que vai ser por pouco tempo. Ficaremos separados só dois meses e pouquinho e depois viveremos juntos a vida inteira.

— Eu sou a mulher mais feliz do mundo, sabia?

— E eu o homem mais feliz. Agora me beija, Charlot.

Jorge ficou feliz em saber do casamento de Charlot com Pierre e não via a hora de chegar à fazenda e apresentar a sua futura esposa a todos.

33

O DIA MAIS FELIZ
DAS NOSSAS VIDAS

Finalmente, o grande dia chegou: o casamento de Jorge e Charlot.

— Como estou, mãe?

— Você está linda, Charlot. E você também, Cristal. Não posso nem acreditar que lá fora estão os dois noivos, e aqui em seu quarto está você e a futura esposa de Jorge —falou dona Lúcia emocionada. — E eu não acredito que depois você vai para Colmar...

— Mãe, não chore...a senhora e todos aqui podem ir me visitar a hora que quiserem.

A Fazenda das Rosas estava cheia, pois o casamento seria lá. E havia muitos convidados, entre eles: os avós e os pais de Dominique e Pierre; Júlia, Dominique e a pequena Isis, Sofia e Liliane, as amigas de Charlot; tia Emma e seu esposo, Lohan; os pais de Jorge(a senhora Morgan e o pai Pietro); Tobias e sua família; August e seus pais; e a família de Cristal: os pais (dona Donatella e seu Francesco), suas duas irmãs (Beatrice e Bianca)e os esposos (Antônio e Luigi); além de toda a vizinhança da Fazenda das Rosas, todos alegres com a união de Charlot e Pierre e Cristal e Jorge.

— Boa tarde a todos. Eu sou o pastor Allan e vou falar algumas palavras para os casais. Primeiro, quero que entendam que esse é um passo muito importante na vida de vocês. O que eu tenho a dizer é que persistam e lutem, não contra o seu parceiro, mas contra aquilo que não contribuir de forma positiva para a união de vocês, como vícios, falsas amizades e maus conselhos. E não se iludam em achar que o que está lá fora é melhor do que o que vocês têm. É mentira, é somente ilusão. Eu abençoo a união de vocês, e se entre nós há alguém que tem motivos contra essas duas uniões, que fale agora ou cale-se para sempre.

Os convidados ficaram em silêncio.

— Sendo assim, eu os abençoo pela graça que me foi dada. Os noivos podem beijar as noivas e já se considerem marido e mulher.

Todos aplaudiram o casamento e alguns choraram durante toda a cerimônia, entre eles a dona Lúcia e a babá Jordana.

Charlot e Pierre deram as mãos e foram em direção a Jorge e Cristal, e deram os parabéns com um forte abraço.

— Parabéns, meu amigo. Eu estou muito feliz que tenha encontrado o amor.

— Foi o amor que me encontrou, Charlot — falou Jorge, olhando para Cristal que o abraçou.

Dona Lúcia se aproximou de Charlot e a puxou, pois queria lhe falar algo:

— Eu sempre soube que você era forte e capaz de fazer qualquer coisa. Você merece toda a felicidade do mundo, minha filha.

— Obrigada, mãe. Muitas vezes eu me calei com medo de decepcionar as pessoas e perdi a minha voz, a minha identidade. Quando a senhora me mandou para Colmar, eu senti que deveria melhorar e lutar pelo que eu acreditava, e deixar a minha voz se sobressair. E a melhor coisa que me aconteceu foi eu ter dado vida à minha própria voz porque, se eu errasse, tudo bem, seria tentando acertar, mas pelo menos teria sido por mim mesma; e seu acertasse foi porque não tive medo de acreditar, e isso me fez mais forte. Obrigada por ter acreditado que eu era capaz, mãe.

— Eu e seu pai sempre soubemos a menina forte que você era. E sua babá também. Ela sempre acreditou em você, filha.

— Eu sei. E eu amo muito vocês por me darem a oportunidade de eu também acreditar em mim.

Charlot deu um forte abraço em sua mãe e foi para junto de seu esposo.

A festa durou o dia todo e, no cair da noite, lá estava Charlote Jorge, mas dessa vez dançando sem frustrações ou corações partidos. Charlot estava nos braços de Pierre, que a conduzia lentamente na dança, e Jorge nos braços de Cristal, que o beijava enquanto dançavam. E nessa noite, ambos eram totalmente correspondidos.